余斌 著

時過境遷

提前怀旧四编

生活·讀書·新知 三聯書店

图书在版编目（CIP）数据

时过境迁：提前怀旧四编／余斌著. —北京：生活·读书·新知三联书店，2021.4
（闲趣坊）
ISBN 978 – 7 – 108 – 06488 – 2

Ⅰ.①时… Ⅱ.①余… Ⅲ.①散文集－中国－当代
Ⅳ.① I267

中国版本图书馆 CIP 数据核字（2021）第 036697 号

责任编辑　胡群英
装帧设计　康　健
责任校对　常高峰
责任印制　宋　家
出版发行　**生活·讀書·新知** 三联书店
　　　　　（北京市东城区美术馆东街 22 号 100010）
网　　址　www.sdxjpc.com
经　　销　新华书店
印　　刷　北京新华印刷有限公司
版　　次　2021 年 4 月北京第 1 版
　　　　　2021 年 4 月北京第 1 次印刷
开　　本　850 毫米 × 1168 毫米　1/32　印张 7.375
字　　数　146 千字
印　　数　0,001 – 5,000 册
定　　价　39.00 元
（印装查询：01064002715；邮购查询：01084010542）

目

录

时
过
境
迁

时
过
境
迁

序　言

　　写了文章总是要给人看的,有意思的是,你不知道谁会是你的读者:料不到会有什么样的读者,也料不到读后会是什么样的反应。

　　不管是否意识到,拟想读者总是存在的。我写"提前怀旧"系列文章,起初的对象很具体,就是老同学,延伸一点,是年纪差不多,有相似经历的人。后来就有点贪,希望不同年纪的人都有兴趣看看,对过去的时代有一番"感同身受",虽然并未采取什么实际的措施,特别巴望能有年轻的读者。这用现在流行的词,叫"分享",往严肃里说,是一种经验的传递。

　　我的文章读者很有限,其中倒也有些"80后""90后"的。好几年前有个过去的学生发来一条微信,说是从豆瓣读书,还是其他什么地方看来的,一个"90后"读者看了《提前怀旧》之后的感想,大意是很羡慕我成长的那个年代——也就是上世纪六七十年代,比起他的此时此刻,他觉得我那个年代的生活才有声有色。这样的反应在我是没想到的,因我想传达的,恰恰是彼时的匮乏、灰暗和荒诞的喜剧性。

我的理解，这位读者大概以为他生活在很"丧"的"小时代"，而我那辈人则身处一个轰轰烈烈的"大时代"。没有比这更大的误会了：若是有意无意的苦中作乐也算是些许亮色，那一点亮色也来自于人性本身，而不是那个时代，除非你能一直生活在一厢情愿的幻觉之中。或许是一个务实的年代了无意趣，又或者应试教育需要种种精神上的"放风"，甚至我辈没几时安于课堂的准失学状态也变得诱人。吊诡的是，当年我辈也曾有生不逢辰之感，远的，像抗日、抗美援朝这些没赶上不说了，"文革"初期红卫兵纵横四海的日子也没捞着，唯一的期盼，就是第三次世界大战爆发了，中美一建交，打起来的可能，却是越来越渺茫。比起来我辈的穿越冲动强大得多了，几乎是身在"小时代"也要创造出一个"大时代"。

何为"小时代"，何为"大时代"，没见人下过定义，不过"小时代"似是由"大时代"派生出来，因报纸广播始终强调的是"大时代"。"大时代"是卷起巨浪的时期，多在一个时代的两端，或在"新世纪"降临之际，或者在"世纪末"，前者的"万象更新"令人鼓舞，后者则也许换一种说法，就叫"乱世"。"乱世"未必就让人沮丧，比如对当年我辈那样渴望成为弄潮儿的，没准还是想象中建功立业的机会，"乱世英雄起四方"嘛；对于身在"铁桶江山"、困于万马齐喑局面，只觉生活平淡无聊的人，"乱世"是一次松绑，是死水里终于起了波澜。

假如"大时代"就是"摊上大事了"，那么毫无征兆地，我们已经摊上了,摊上的还远不止是新冠病毒大流行,以至于如网上流行语所言,不知从何时起,我们一直在忙着"见证历史"。新冠一来,一切都变了,而事实上,空气中早已弥漫着不祥的气息,只是我们身在其中浑然不觉,或是已有所感却一厢情愿地以为,事情不会坏到那一步。

这个集子题为"时过境迁",是很切题的大白话,因为所写往昔的情形,特别是与生活方式相关者,确乎已是过去时的了。今夏苦热,连我这个年纪的人都纷纷大发感慨,称没空调简直没法度日,年轻人则更难以想象前空调的时代,就像我们当年难以想象没有电灯的暗无天日。事实上衣食住行,今昔对比起来,莫不让人类产生类似的反应。谓之"时过境迁",谁曰不宜?当作书名,虽然是不得已的"下策"(因憋不出更出彩更响亮的名目),却相当之"写实"。

但此刻写这篇序,冒出来的倒是很多不切题的想头。收在这本书里的《坐火车》在报上发表时,我发了个朋友圈,一个"80后"朋友看了之后跟一句:"每次看到余老师的文章,我就对现在的生活充满希望。"是熟人之间的调侃,但我揣度,部分也是实话。像本书中的许多篇一样,说往日情形,无形中即有对比之意,经他这一说,却忽生一种荒诞感:我的怀旧,也可以是一种"忆苦思甜"?上中小学时,"忆苦思甜"是我们的必修课,你可以说,那就是社会动员的一种方式。除了吃"忆苦饭"之外,最主要的形式就是听贫下中农的讲述,我印象最深的一次,是学农时一老大爷说当年闹饥荒时的苦况,都以为在说"旧社会"，后来才弄明白，他讲的是"三年自然灾害"时的情形。说"荒诞"，盖因现而今怪异的氛围里，再看自己述旧事时的笃定，多少有一点时空错置感。我所谓"时过境迁"，对应的到底是上世纪的六七十年代，还是八十年代？若说皆已"俱往矣"的话，是哪个年代导向了那位朋友所说的"现在的生活"？胡乱嫁接起来，就和贫农老大爷忆苦思甜时的张冠李戴异曲同工了。再者，"现在的生活"是什么样的生活？"现在的生活"现在还在吗？当然，高铁、空调都还在，然而有一种氛围，与我们已是渐行渐远了。

回望过去有一份笃定或轻松，往往存在一个前提，即你冥冥中觉得回到厌憎过去是不可能的。很多人像我一样，尽管嘴里说着某种可能性，那也只是警惕之语，并不当真以为可能变为现实，或者，可以变得那么快。有句广告语，"一切皆有可能"，当年相当励志，不言而喻指向一切好的可能性，完全不考虑在相反的方向上，同样"一切皆有可能"：新冠说来就来了，回到停滞、封闭的状态，也可以说变现就变现。

所以"时过境迁"的说法也要看在什么上下文里出现，当在空气里闻到熟悉的气味的时候，你会怀疑，是不是时已过而境未迁。如果一切的一切当真都是时过境迁，就没有"历史重演"一说了。

但纠结于一词，实也大可不必，既然想不出更好的书名，就将就着用吧。

余　斌

二〇二〇年九月二十日于南京黄瓜园

碟　变

我刚开始买碟那会儿,肯定还是前盗版碟的时代。那时候也不叫碟,叫唱片。

那是二十世纪七十年代中期,家里终于有了一部电唱机。

电唱机之远观近亵

从小学到中学,同学家里有电唱机的,屈指可数,大体上小孩是不准碰的,金贵可知。其时年轻人结婚条件中强调的"三转一响"未含此项,足证尚属奢侈品的范畴。

另一方面,当时能够买到的唱片,不是样板戏就是"革命歌曲",当然这里的"革命"指的是"文革"时期的定义。同样的歌曲电台一天到晚在播,高音喇叭此起彼伏地响,听得耳朵要起茧子,实在也不想再去听唱片。倘有"文革"前的存货,则又是容易惹祸的玩意儿,大人正要严加防范。故有唱机的人家,多半是将其束之高阁。小儿好奇心重,音乐尚在其次,摆弄那装置就是一个诱惑，故到有唱机的同学家去玩，总是极力撺掇将唱机拿出来放。家有唱机的底细自然是小主人自己暴露的，因不免要向小伙伴炫耀。

初识唱机、唱片，应该是在上小学开大会的时候。每次开大会时管广播器材的老师都有一番忙乱，将扩音器、麦克风、唱机搬到操场的主席台上，还要布好线。唱机的功用限于在大会开始和结束时放音乐，需播放的时候就见那老师半弯着腰上台去，小心翼翼抬起唱盘上的唱臂。

这都是"远观"，真正得以近看则是在一同学家中，确实只能说是近看，"亵玩"是绝对谈不上的。听他说他家也有唱机，我们都说他吹牛——在我们想来，那是学校这种地方才会有也才该有的，但是事情的真实性很快得到证明：他指给我们看了一个小皮箱似的家伙，在一摞箱子的上面，和我们在主席台上所见大差不差。接下去自然是我们强烈要求他"放一个听听"，几番"激将"下来，他终于大着胆子凳子叠凳子地站到高处，将那宝物搬下来，又打开柜子从一隐蔽的角落拿出两张唱片。显然大人的坚壁清野没能阻止他对秘密的发现，另一点也是显而易见的：他大概极少胆子大到当真下手去摆弄，因除了将其打开，他后面的动作都带点试探性。

后来我在别人家里见到过收音、放唱片合为一体的两用机，还有那种大得像半截柜的落地式唱机，都是将唱盘安放于顶上。他家唱机是单独的，需收音机来放音扩音。他找出根线在二机之间乱插了一通，除了制造出一些啸鸣音之外别无结果。这很让人扫兴，但我们仍要求他放起来，因看到唱片转动就能有一种满足，而且后来发现，唱针与唱片摩擦就可产生音响，这时会有一种金属性的虫鸣般的声音出来，可以听出旋律，听到人在唱。

这让我们大为兴奋，都支着耳朵卖力地听。几个脑袋挤在转动的唱片上方，当中有一位嫌听得不分明，恨不得将耳朵贴到唱片上去，一不小心碰到了唱臂，唱针立马越轨，横着划过唱片，发出吱溜的怪声。闯祸者顿时脸刷白，唱机的小主人则急得眼泪都要下来了。其他人也都有闯祸感，于是此次观摩唱机暨听唱片活动戛然而止，大家迅速作鸟兽散。

我真正有机会亲近唱机是小学五年级暑假生病住院那段时间。小儿科病房有台电唱机，我是病房里的孩子王，无形中唱机成为我的禁脔，颠来倒去地播放那十几张唱片成了我病中的乐事。所谓"自动"电唱机，就是一移动唱臂唱盘就开始旋转，唱臂移到唱片边缘的位置会自己徐徐落下，一面放完，唱臂又会自动抬起归位到搁架上。病房那台唱机许是出了问题，全得手动，且人得看着，不然唱片放完了唱针突然快转几圈就出轨，没头苍蝇似的在唱片上乱颤。唱针是从外往里转，越到后面转得越快，要将一曲听完而又不让越轨的事情发生，并不迟不早地将唱臂抬起，真还不能分神。开始播放时则要能让唱针不偏不倚落在唱片最外的轨道，转动之中又要轻拿轻放，全是细活。

也是从那时起，我对唱片有了一种无言的喜好。起先可说是物质性的,那些细密的唱纹让人觉得无比神奇,我会对着光亮,看那一圈一圈密密匝匝排列的纹路,仿佛面对神奇的图案。均匀排列的唱纹之间还可看出一些明显稍阔的道道,那是曲与曲之间的间隔,在我的想象中,那是剧场座位之间的过道。我后来可以让唱针准确地落在间隔带上,听任意一首想听的曲子,而不必从头开始。

唱片之间其实还有唱纹疏密的不同,以每分钟转的圈数划分,通常分为78转、45转唱片,还有一种是33转的。唱机上有个选择开关,转速选得不对则发出的声音怪里怪气。小病友中有调皮捣蛋的,瞅个空子就爱故意开错速度,为唱机发出的怪声莫名兴奋。既然我以唱机托管人自居,这种事情通常是不允许发生的,尽管我自己时而也会搞类似的恶作剧。

薄膜与黑胶

我在同学家和医院里见到或摆弄过的唱片,都是黑色的胶木唱片,到我自己开始买唱片时,成为主流的已是一种塑料薄膜唱片。这种透明的薄膜唱片,较胶木唱片轻而薄,红黄蓝绿,似乎各种颜色都有,只是黑色白色从未见到过。唱片店经常在橱窗或是店内的墙上将其排成各种图案,呈现一种廉价的喜悦。这种唱片的确廉价,比胶木唱片便宜得多,最初似乎只要几角钱就可买一张。我最初买的唱片,几乎都是这样的。

其时南京卖唱片的商店寥寥无几,最出名的当属新街口的"嘹亮"唱片社。它像过去那种老式的店堂,进深很大,里面有点暗,两边柜台一直到头,贴墙是货架,一格一格放着唱片。样品就陈列在玻璃柜台里,摊着放地儿也富裕,因没有多少品种。店里空空荡荡,好像也不放音乐,和对面的新华书店一样,老给人一种昏昏欲睡的感觉。

我去那里,很大程度上是因为有了马似乎就应配鞍:买了唱机,总得听个响吧?买回的唱片一水儿是那年头的"红歌红曲",像《我们一定要解放台湾》《北京的金山上》《钢琴伴唱〈红灯记〉》、古筝曲《战台风》,还有钢琴协奏曲《黄河》,等等。薄膜唱片有大有小(胶木唱片小的就比较少见),似乎都是33转密纹的,包装也几乎是一样的,都是白纸封套,中间剜去一块,留出一个圆孔,露出唱片的中心部分,印着曲名、演唱演奏者之类。封套上最醒目的却是"中国唱片"四字,另有天安门、华表的图案,那是中国唱片社的标志,好像生产发行唱片的也只有这一家。

很长一段时间里,中国的确也只有国产唱片。据说"文革"前新街口的新华书店隔壁有个门市部,内有外文书籍卖,却以卖外国唱片为主,当然只限于苏联和东欧社会主义国家所产。到了"文革",进口唱片就无从说起了。因此有好多年,我的唱片是清一色的国货,直到二十世纪八十年代末。

七十年代末,电台里又可以听到西方音乐了。最初是每天晚上十点半,中央人民广播电台有一档《西方古典音乐》节目,时长半小时。最初播的都是管弦乐小品,约翰·施特劳斯的圆舞曲,莫扎特、舒伯特、托赛里等人的小夜曲,圣-桑的《死神之舞》,等等,后来有独奏和独唱,比如萨拉萨蒂的《流浪者之歌》,圣-桑的《哈巴涅拉》《引子与回旋随想曲》,还有斯苔芳诺的拿波里民歌、丽丽·庞丝的歌剧咏叹调等。

有段时间,一到那个点儿我就在收音机前守候,不在家中时也惦着这事,好几次发了疯似的骑着自行车往家里赶,因为要听西乐,过了这村就没这店。对西乐入迷如此,却没有一张进口唱片,似乎难以想象,或许当时市面上仍然没有,或许已有但贵到承受不起,单是"进口"二字就足以让大多数人打退堂鼓了。

磁带插曲

说我的收藏里一点洋货没有,也并非事实。有的,没有唱片,却有磁带。原属奢侈品的电唱机并未普及开来,卡式录音机却斜刺里杀出,辟出一条便捷的途径,不经意间走入千家万户。在听乐上面,录音机也大有取代电唱机之势。反正来华的留学生,录音机或大或小,几乎人手一台,没见过谁带着唱机来的。录音机虽比电唱机贵,却来得方便实用,还有一条,磁带比唱片便宜得多啊。

我最初的几盒进口磁带,是托几个相熟的留学生买的。当然,原版带得咬咬牙才能偶一买之,我记得一盒折算成人民币要二十元钱上下。幸而磁带有另外一个天大的好处,即可以翻录。磁带与唱片虽然都可"留声"且大量复制,但唱片的复制必须找唱片厂,磁带的复制则个人私下里就可完成。买不起原版带,那就自己翻录吧。无奈即使是翻录,带源多起来的时候,也还是觉得空白磁带不够用。一九七九年暑假第一次游北京,跟叶兆言同路。他每年都要进京看他祖父叶圣陶,就在东四八条那个四合院里,那里住着叶老和长子叶至善一大家子。有次我去找叶兆言,顺脚到他堂哥叶善午屋里去玩。叶善午患病,佝偻着腰,却仍是相貌堂堂,有几分公子哥儿味道,算是京城他那一茬的一个顽主吧。他让我看他收集的西方古典音乐,满满两大抽屉磁带,绝大多数都是翻录的,盒脊上写着总名,盒面上是工工整整抄下的曲目名,密密麻麻,有中文,有外文,另有少数复印了母带的封扉。一见之下,我若不加掩饰,当时的表情就应该是"舌挢不能下"吧。

直到大学毕业,我自己积攒的磁带也不足三十盒。这里面有半数据说是质量最好的TDK,当时是五元钱一盒,我都用来翻录西方古典音乐。起初找不到带源——留学生那里,大多数往往一堆磁带,除了摇滚还是摇滚。后来发现几个有同好者,彼此交换,带源渐富,顿觉空白磁带不够用。需要得太多,买不起,只好抹去旧录,覆盖新的上去。这新旧交替的过程,"最难将息"。每每对着几盒已翻录的带子委决不下,听听这个,听听那个,不知对谁下手,仿佛一旦抹去,贝多芬或莫扎特或肖邦或比才的一段音乐就会从此消失。有次从人家手里得到一盒贝多芬的第四第五交响曲原版带,因拿不定主意让谁消失,居然

11

碟变

将这盒听一段那盒听一段,不觉过了三个多小时,最后才决定将格里格的《培尔·金特组曲》打入带底。

痛心总是难免的,忍痛下手是必需的。算起来那十来盒TDK,每盒都录制了不下五遍。所以后来看顾颉刚的书,我故意"以辞害意"跟人家开玩笑说,我的磁带都是"层累叠加"的,只是并非按历史的顺序:贝多芬下面没准儿压着的是柴可夫斯基,老柴下面没准儿又压着亨德尔,很有时空错乱的效果。

外文书店与进口唱片

后来怎么又舍磁带而取唱片,不大能说得清,大体上应该是受一朋友的影响吧。他是个地道的乐迷,搞美术的,却似对古典音乐更钟情。他的工资及其他收入常是以盒带计的,他会下意识地将其换算为磁带的盒数,比如得了三十块钱外快,他就面带喜悦说够买两盒带子了。忽一日,他开始以唱片的张数为换算单位了。他的理由是:第一,唱片比磁带音质更好,更耐听;第二,以古典音乐而论,唱片的选择比磁带更多。

这时电唱机似也正在回归人们的视野,不是过去最常见的单机,而是在组合音响里。台式、落地式的组合音响渐渐开始风行,大商场里进口的组合音响,像日本的"山水""建伍"之类,常出现在最令人瞩目的位置,其价格非寻常彩电可比,令人肃然起敬。我曾经的梦想就是拥有一套"山水"。这类音响系统通常包括一对音箱、一个功率放大器、一个放磁带的卡座,还有一个电唱机。

有些人用外汇指标买了，放在新房里，它既是放音设备，也是摆设，在时人眼中，足可充当新房里的一景。对许多人而言，顶部的电唱机近于摆设。一则大多数人对音质并无很高的要求，二则习惯了磁带，用唱片不免就嫌麻烦。唱片播放时间要短得多，过去的粗纹唱片可以短到一面的时间只有几分钟，后来差不多都是密纹唱片了，时长也还是短，通常一面不会超过二十分钟。标准的磁带时长为六十分钟，九十分钟的也并不鲜见，单面四十五分钟，无须翻面，播完一首交响曲也绰绰有余。听唱片，一会儿工夫就得翻面，还得轻拿轻放，用对付磁带的动作去摆弄唱片，就几近粗鲁——和磁带比起来，唱片是更贵族化的。

所以也唯有我那位乐迷朋友那样的，才会当真经常性地听唱片。他是先行者，在那时已对成套的组合音响（后称"套机"）不屑一顾，开始"发烧"，买器材自行组合。我在他那里看得眼红，听得耳热，不夸张地说，在听靓音方面有接受洗礼的味道。回来之后我就开始买唱片，那美妙的声音在多大程度上应归于唱片，我不知道，但我买不起音响，不要说"发烧"，离"感冒"所需的财力也还差得远。唯有唱片，还可尝鼎一脔。

于是有段时间，我频频地跑外文书店。其时"嘹亮"唱片社已没了踪影，也不知为何，唱片都是在书店里卖，进口唱片则必在外文书店卖（或者唱片的进出口权归新华书店系统也未可知），在南京则或者是中山东路上的市外文书店，或者是湖南路上的省外文书店。

外文书店是卖外文书籍、外语教材和外语工具书的地方，但卖唱片处经常比卖书那边动静还大。这跟唱片的封套有关。此时不论国产还是进口，唱片的封套已不是素面朝天式，都用硬纸板做外壳（里面另有薄纸封套）。古典音乐唱片的包装偏于庄重，大多是演奏/演唱者的演出照，这与书籍比起来就显得缤纷多彩了。又加店家将封套满墙地张挂起来，尤能夺人眼球。DG、EMI、BMG 这些大唱片公司都有自己的主色，DG的古典音乐唱片常把唱片名与公司标志放到一起，构成一个面积很大的黄色图案。从这家公司进口的唱片似乎特别多，故后来一想到西方古典音乐唱片，脑子里就会浮现那抹明亮的黄色。

这时塑料薄膜唱片似乎已销声匿迹（大规模廉价生产的薄膜唱片也许只是中国一个时期的特殊情形吧），至少进口唱片清一色都是胶木的，价格上也大体都是十五元钱一张。外国唱片进来之后，听乐的范围一下就扩大了许多。事实上那些大唱片公司录制的演奏，基本上有唱片就有相应的磁带，也不知为何，古典音乐的进口磁带品种就要少得多得多，与唱片可有的选择性相比，几近于无，好像进口公司打定了主意要让古典音乐"贵族化"，只以唱片的形式出现。

我在两家外文书店转悠，每一次都越发地感到阮囊羞涩。收入低是一方面，另一方面我也不可能像以唱片为本位的那位朋友那样全情投入。我还得分出钱来买书，若说那段时间对唱片的热衷是一场艳遇的话，那对于书，我从上中学时起就已是不弃不离了,而当时的情况与现在相反,买一张唱片的钱够买好几本书。在外文书店满壁唱片面前的徘徊,于我是个悲欣交集的过程。往往早打定主意要买下某两张的,到时有新发现,复又犹豫起来,总要磨蹭到最后,才痛苦地下手。只有买贝多芬小提琴奏鸣曲全集那次,我异常坚定,那也是蓄谋已久的缘故——当然是有预谋的,不然如何下得了手? 那一套一共是九张,合一百多元人民币,对它出手在我绝对是豪举。

也算发了一回烧

事实上,对我而言,听乐范围扩大云云,很大程度上只是一种虚构,因为到我的唱片积到五六十张的时候,我的音响设备连个影子都没有。朋友笑话我这是"马还不见影子,倒买下了鞍",确是实情。另一朋友的调侃则引自从他父母那儿学来的苏州谚语:"鸟还在天上飞,就忙着斩葱了。"我很奇怪这话的来历:难道苏州人有吃鸟的传统?

怪只怪那位仁兄将我的胃口吊了起来。"曾经沧海难为水",在他那发烧器材上听了一次唱片之后,我大概已然想着在音响上要"一步到位"了。照他的说法,"万元级"的音响,"一般听听也就可以了"。这数目绝对应该让我倒抽一口凉气的,我居然就存了这个念想,且后来渐渐清晰、坚定起来,足见当时我还很有几分理想主义的味道。

买回的唱片倒并未束之高阁,没事时我常会拿出来欣赏一番。"欣赏"的仪式包括拿着封套、套盒一阵摩挲，小心翼翼取出唱片迎着光亮看看唱纹，对比着掂掂分量（据说分量越重质量越好），找本词典读一读封套上的英文说明，等等。唱纹是读不出名堂的，唱片中有好些从未听过，想象也想象不出来，所以欣赏过程中，声音整个是缺席的。有之，则是一门之隔的走廊里剌啦剌啦的炒菜声，那是筒子楼里的锅碗瓢盆交响曲。另有浓重的油烟味从门缝里硬生生挤进来，与古典的清平世界，与浪漫派戏剧化的抒情，全都不搭。不过我在里面摆弄唱片，即使过的是干瘾，仍兀自有一种满足感——近乎地主老财闷头数钱的快意。

当然那批唱片倒也不是没有打破沉默的时候。有时按捺不住想听，我会打电话给一个有房有音响设备的朋友。若是他们夫妇都在上班家中无人，我就去他公司讨了钥匙，带上几张唱片杀奔他家，关起门来听上一下午。瞅空子上班时间过去实在是两便之举：下班之后他夫人多半在，而且他本人对古典音乐也无太大的兴趣，一室一厅的单元房，总不能由我在那里把音响开得震天响，让人家陪听。

这朋友是做生意的，特别够义气，也比较"潮"，干什么都走"必先利其器"的路子，比如摄影就一定要买顶级的相机，听音乐则要买顶级的音响，虽然其实没多少时间摆弄。高档货，很多人深恐有失，都不愿让外人碰，他大方，只要朋友开口，或借，或用，一诺无辞。到后来我有了音响中其他的几样，独缺唱机，他干脆让我把他的给抱走，因为这时他已用上了激光唱机，听胶木唱片已嫌麻烦了。

我开始搭自己的音响,是因平生第一本书出版后得了一笔稿费。结婚时没钱买彩电,用的是家里淘汰掉的老货,而一般家庭里购大件的顺序,都是先彩电,后音响,因彩电似乎更属必需品。我却急煎煎地要买音响设备,有点不按常理出牌,不过还没音响就买上许多唱片,已经是荒唐之举了,现在这样,也没什么好说的。糟糕的是,"万元级"的目标实在陈义太高,稿费拢共是六千多元钱,还有偌大的资金缺口。好在自己搭音响不比买套机,可以一样一样地买,这算是给了我喘息之机。

自始至终,我的搭机工程历时足有一年半。钱不够之外,还有一条,是好货需要等待,何时到货,没个定准。发烧友有一个自己的圈子,声气互通,他们要的货,商店里少见,即使有价格也高得吓人。他们另有一个供货系统,从那儿出来的都是水货,比市面上便宜许多。货一到,来个电话就去取,多半并无店面,到个堆栈似的地方,一手交钱一手交货。做这生意的多是捎带着做,进货有一搭没一搭,没准谱的。既然是发烧级,当然要讲究,我跟在朋友后面凑热闹,也看些关于音响器材的杂志,但道行太浅,最终还是"唱片本位"的那位朋友一锤定音。他为我量身定制了特别的搭配:功放要英国的NAD,激光唱机要路遥(ROTEL)的,音箱一定要配丹麦的喇叭,总之是要强强联合,像一支国际纵队。

接下去是漫长的等待。大概过了一个多月,等到朋友的电话,说NAD功放有货了,我连忙骑了自行车去提货。这以后又过了两个月，一点动静都没有，终于有一天，又有电话来，说现在哪里刚做出了一对音箱，可以去看看，于是我又兴兴头头跑了去。音箱的情况与功放、唱机有所不同，后者都是整机，音箱则是可以就地打造的。当然也是因为市面上那些现成的丹麦、挪威的音箱太贵，一些发烧友的小作坊就应运而生：买来北欧产的喇叭自制，据说效果绝对不比原装的差。其时淮海路上有家"虹威"就是干这个的，在圈内小有名气，我们也是奔的那儿。到门口尚未入内，就听见清晰、明亮的乐声传出，连店面加试音间，很小的地方，挤了好多人，抽着烟七嘴八舌地冲着竖在地上、立在桌上的几对音箱品头论足。店主原本是个发烧友，也在其中。烟雾缭绕之中，你会觉得这里不像一间店，更像一个俱乐部。

　　朋友介绍之后，店主就将几对音箱试给我听，差别当然是有的，只是在我尚未细加琢磨的耳朵听来，声音一概饱满亮丽，美得不行。我携了唱片在朋友家听的是当时市面上最贵的"山水"音响，要一万好几，造型、面板做得很漂亮，但是和眼前这些貌不惊人的功放、唱机，还有显得简陋甚至还未上漆的自制音箱组构起来的系统相比，就是一中看不中听的绣花枕头，声音有天壤之别。好比一个是灰扑扑的阴天，一个是晴天丽日。感觉是视力不好的人一朝戴上了近视眼镜，那一刻所有的景物都异乎寻常地清晰到耀目，甚或有不真实感。

　　我整个五迷三道，等不及就要亲近，虽然也能听出开价五千多的那一对出来的钢琴声更厚重饱满，但身上只有四千多元钱，

遂听从朋友的建议,立马买下了那对四千三的。主人介绍一个
高大帅气的小伙子说:南大物理系声学专业的研究生,线路设
计就是他搞的。那小伙子一直抱着胳膊站在一边抽烟,众人嚷
嚷之际也不插言,一脸云端里看尘世的表情,此时也只曼声应了
句:"你就拿这对吧,错不了。"对他而言,此乃小菜一碟。

"虹威"不是批量生产,进口的丹麦喇叭到货也是有一搭没
一搭,据说答应替人做的,也总是拖,及至打造出来,原先订货
的人没及时来取,说不定就给另一发烧友买下了。这让我产生
夜长梦多的焦虑,当即就叫了辆三轮车把音箱拖家去,尚未上
漆也不管了。暮色中我骑着自行车跟在三轮车旁边,眼睛好像
就没离开过音箱,眼神里也一定满是恋慕之意,虽然实在是没
什么可看的。

这样急不可待,实在有点多余。待死沉的音箱搬进宿舍安
顿好,我在定心定意细加打量摸弄之际,非常真切地意识到这
一点:在拥有唱机之前,我的宝贝功放和音箱与我的唱片没有
任何关系。相当长的一段时间里,那两个宝贝的主要功用似乎
就是供知情者调侃。其间发烧级朋友曾告知到了几台"路遥"
激光唱机,拿下得三千元,没钱,只好放弃。正是在这背景下,
那个做生意的朋友将电唱机送了我。

历时大半年,音响终于发声的那一日,我的兴奋可想而知,
我尽拣那些轩昂奔放的曲子开大了音量一个劲儿地放,那样的
声音从一间小破屋里传出,有一种反常的华丽。淹在灿烂的
乐音当中,感觉"蓬荜生辉"四个字就是为我而存在的。这是

一九九三年的事,"下海"似乎成了时代强音,教师待遇当时降到了最低点。我记得就是那一阵,不止一个学生问我为什么要留校。发问者大概都还是看得起余老师的,言下之意是:人又不笨,干吗留在这没前途的地方? 我都是打哈哈说:懒嘛,还有什么地方可以让我不坐班? 这也不全是敷衍,我真的觉得不坐班是捡了个大便宜,也没因待遇低感到有什么委屈。奇的是我会受音乐的影响没来由地自我膨胀。正是听乐热情度最高的时候,打发走学生我就一头扎到音乐之中,自我感觉特别的好,颠头播脑一阵陶醉,不仅有众醉独醒的飘然,而且大有"我辈岂是蓬蒿人"之慨。

CD时代降临

时过境迁

我还在闷头听胶木唱片之际,CD时代降临了。严格地说,胶木唱片未能铸就一个时代。在"听"上面,收音机之后是磁带,磁带于广播之外实现了"听"的自主性,所覆盖人群是大面积的。之后CD又很快将人们的耳朵俘获而去。胶木唱片始终只是支流,用后来的话说,相当"小众"。在人们的口中,"唱片"一词也被"碟"所覆盖。倘我们据现今流行的字词,将此前的唱片一概追认为"碟",那从胶木到薄膜再回到胶木,再到最后的CD,已历经几度"碟变",于今是CD一统江山。

事实上我的胶木唱片尚未转动之际,电唱机已进入黄昏时分,大体上也只有古典音乐爱好者还有耐心去伺候它。故朋友为我制订的一步到位计划中，唱机一项早已定为激光唱机。在资深乐迷心目中，与CD凌厉、尖锐的金属感相比，胶木唱片自有它的妙处，那种温暖、柔和、微妙的音色格调独特。我朋友知道我的耳朵还是比较大众化，胃口也没有那么刁。另一方面，真要想领略胶木唱片的微妙，普通电唱机根本不行，而差不多已是为少数发烧贵族定制的电唱机又是天价。我守着胶木唱片，但不能因此将之拔高为我对高品位声音的坚守与追求，只是将就而已，虽然倒也听得兴兴头头。

激光唱机也时在念中，甚至在买"路遥"之前，我还借过别人的回来放。显而易见的是，胶木唱片转动时会发出沙沙声，而CD机就没有这个问题。这成为一些熟人奚落我落伍的一个最大理由，他们自己或是没有过电唱机，或是已经完成了更新换代。结婚、搬家从来就是升级换代的重大契机，新房里的音响必须是带CD机的，也已成为共识。只是多数人家只有寥寥数张碟。一则彼时CD比较贵，价格远高于磁带、胶木唱片；二则国人的消费呈大件化趋势，大件多寡是富裕与否的硬指标，带CD机的音响可称"大件"，被列入需置办的家私范畴，就像冰箱、空调、滚筒洗衣机一样。买了空调舍不得电费钱，似乎有点可笑，但不少人家的空调大体上的确是处于空置状态——它在那儿，拥有本身就已能提供一种满足了。国家"小康社会"的基本监测指标就有彩电、空调、冰箱等大件的覆盖率以及用电量的大小。同样，你有再多的CD，也算不得家私。

另外，据我的印象，最初CD品种也少，远不如胶木唱片。

有道是"穷则思变",很快悄没声地有了"盗版碟"一说,而后没过多久,盗版碟似乎就铺天盖地而来。我敢肯定地说,盗版碟的出现让中国人进入到一个视听的大时代。几度"碟变"如果有戏剧性的话,高潮就在这里。"大时代"之为"大",一定要有众多的人被卷入,说盗版碟之畅行国人皆受惠良多可能有点夸张,然而就规模而论,"全民参与"四字也是用得上的,碟迷收藏光碟数量的剧增,很大程度上就要拜盗版碟所赐。换个字眼,换个角度,"大时代"其实也就是"乱世","乱"一方面是混乱无序,另一方面则是混乱之中的亢奋、热闹。那时光碟的市场,真叫一个热闹啊。

千奇百怪盗版碟

我赶这场热闹迟了点,固然是因到一九九六年才攒够钱买了激光唱机,也因初期的盗版碟市场上,古典音乐比较少见。有意思的是,胶木唱片从未闻盗版一说,磁带有盗版,也远不像光碟的盗版那样欣欣向荣,或许是因为数字化产品复制起来容易多了吧。我开始买光碟的时候,南京的盗版碟买卖还不像后来那样遍地开花,所知者大多集中于"长三角"一带。"长三角"这名字,在南京人口里是和"军人俱乐部"混着说的。"军人俱乐部"属南京军区,一个很大的院子,里面有电影院、篮球场、游泳池,原来是不对外开放的,七十年代末对外开放了。记得有段时间我频频到那里看"内部片",还去过那里新建的溜冰场。

后来也许是要搞创收,部队将院里大多数地方出租了,先是建材市场,后成其他市场,都没搞下去,最后成了图书批发市场,"长三角"即因这市场得名,有人说是因为面向长江三角洲,有人说因为那片区域呈三角形。

不知碟店为何傍上了图书市场,反正那儿有好多家。我原先去"长三角"都是奔书去,后来就有点移情别恋的意思,逛碟店花的时间越来越多。那些店有的是专营光碟,有些则是捎带经营。碟分几等,每一盒上都贴着价格标签,这标签多半是障眼法,不作数的,买家卖家彼此心照不宣,我想市场执法人员也是如此。不过店主也会对买的人坚称,有一些"绝对是正版",基本得维持标签上的价格。

如何鉴别正版、盗版对我而言一直是个谜。以我的占有欲和与之不相称的"财力",我不可能是一个盗版碟的坚定反对者,之所以要做真伪之辨,不过是不想掏了正版的钱买了盗版。只有某张碟实在想要又无盗版的情况下,我才会咬咬牙掏钱。无他,太贵。其时一张盗版也要二十多元钱,比正版的胶木唱片还贵。当然,你若做这样的比较,小老板会不屑地说:"师傅啊,搞搞清楚噢,两个级别呢!"同时对方还要摆事实讲道理,告诉你盗版和正版相比其实一点不差,虽然在撺掇你买他的所谓"正版"时,自然又另有一番说辞。

怎么可能一样呢?不说内里,彼时盗版光碟就像盗版书一样,水平还相当低,质量之差一望而知。不说内里,单是拿在手上的分量就不一样,正版的厚重,盗版的轻飘,且塑料盒很少能够开合自如,封面的用纸、印刷一塌糊涂,碟上刻印的字也不清楚。话说回来,一般情况下,这样的光碟人家也没想冒充正版。有时候店主一边守着店面,一边就拿着一沓封面往塑料盒里塞,就是说,店主们常常是从贩碟的那儿批来一批裹着封面的碟,又从做塑料盒的那儿进一摞盒,就地分装。碟和封面不能再分离了,特别是碟上和封面上全是洋字码的,分开了绝对对不上号。

这些也就罢了,最糟糕的还是光碟本身。划痕一类的硬伤好办,买时注意一点即可,一些内伤、暗伤看是看不出来的,固然你可以要求试听,但你不能从头听到尾,就算你有这工夫,也还是防不胜防,因为有可能你是要买只鸡,结果拎了只鸭回去。正版碟再不可能有的千奇百怪事,在盗版碟那里都有发生的可能。倘你是个超脱到凡事都可以当故事听着乐的人,那些个离奇的错可以让你乐不可支,就像看到糟糕的学生在语文课上造出千奇百怪的句子或做出异想天开的成语解释时那样。无奈你是当事人,没有这份洒脱,有时还要被气得七窍生烟,没处发泄。

少上一两首曲子的事是经常发生的,比如有张斯特恩的小品集,封套、碟上都分明写着二十一首,但听下来只有十九首,后面的两首不翼而飞。其中之一是门德尔松的《乘着歌声的翅膀》(又译《歌之翼》),我想这倒真是"切题",当真就飞得没影了。错轨也是免不了的,放到某处就原地打转,重复着来,神经错乱似的,伴以不正常的咔咔声。有人说拿碟迎着光细看,可以看得出来，我没这本事。相比起来，更让人哭笑不得，也最让我愤愤不平的是张冠李戴，名与实不相合，牛头不对马嘴。有时是封面和碟对不上号，有时是碟上的信息与碟的内容对不上号，有时是封面和碟上的信息与碟的内容完全不相干。比较熟悉的曲目好办，听声知其所指也就罢了，较冷僻的曲目，听来听去，无法"还原"。熟悉与冷僻也是相对的，对资深乐迷而言也许耳熟能详的，在我这初级爱好者听来会是相当陌生，何况买回的多半都是未听过的，叫我如何去对号入座？

要是识谱倒又好了，却又不识。一度我曾抱了一套古典音乐鉴赏的入门书，边听边翻看，希望发现听到耳中的与书里对某首乐曲的描述若合符节。有一次我真还有所斩获，对出了贝多芬的《大公三重奏》，过后跑朋友那儿去印证，果不其然。当时的兴奋，像是猜出了斯芬克斯之谜。但这样的概率太小了，能有好运对出也是三重奏的形式提示了寻找方向，而《大公三重奏》又太有名。更多的时候，没有曲名、作品编号，不知作曲家为谁，所有信息全错，你好比拿了错误的地址去寻人，岂不是等于大海捞针？有些错是一听便知的，比如碟上写着"贝多芬大提琴协奏曲"，一听却只有大提琴、钢琴，根本没乐队的声响。又如碟上分明说是海顿的交响曲，及至往CD机上一放，忽地一个花腔女高音冒出来，让你莫名惊诧。这是确知其错的，还有的感觉不对，比如说写的是舒伯特的，听着怎么也不像，却不敢肯定。说不定错得更隐蔽的还有，就那么信以为真地认了。是故我的碟里颇有一些未解之谜，就像公安局里破不了的积案。有几张内容成疑的碟,很是动听,听了一遍又一遍,好比一个人,我可以向你相当细致地描述他的长相,但就是不知道他是谁。

很后悔有张碟在搬家时弄丢了,不是因为它的版本如何稀罕,而是因为它错得很"奇葩"。忘了具体是什么曲目,但肯定是勃拉姆斯的室内乐,奇的是中间夹带了斯美塔纳的一个管弦乐小品。唱片公司灌录碟片净有做种种"截搭"的,但总有某种理由,比如虽是不同作曲家的作品,却由同一乐团或演奏家演奏,或是乐曲虽属不同类型却出自同一作曲家之手,等等。若是这样的集锦式"截搭"倒也罢了,那张碟分明是专集,却诡异地在中间出现了斯美塔纳的曲子,后面又回到勃拉姆斯的奏鸣曲。在我想来,盗版总是整张地复制,难道做盗版的还有兴致自己编辑一番? 这样不按常理出牌算哪一出呢? 这又是个不解之谜。

"打口碟"的福音

不过这是有点把后话说前面了,上面那些无头案大多发生在盗版碟的全盛期,刚开始时盗版碟里很少有冷僻曲目的。这也不难解释:盗版碟的产与销当然要盯着那些畅销品种,古典音乐相对小众,只是捎带,也只能限于其中流行的经典曲目。要到盗版碟呈泛滥之势,进入薄利多销的时代,且盗版碟买卖也隐然开始分众之后,内容冷僻的碟片才多起来。常去"长三角"的那段时间,每每寻寻觅觅多时,所获却是不多。不光是古典音乐不多,欧美的流行乐也不多,多的是港台集锦式"怀旧金曲"那一类,恩雅、喜多郎、雅尼之类讲究音效的碟子,还有一些所谓"试音天碟",似乎颇受欢迎。

当然,你可以另辟蹊径。打口碟仿佛就是为买不起正版碟的小众准备的。至少在某一个时期,较之盗版碟,打口碟更像是乐迷的福音。打口碟的来历我一直没大弄清。有次在南大旁边小粉桥的一间碟屋里淘打口碟,随口问过小老板,他说是从海关来的:走私进来被扣了,打个口子,就算销毁。我问怎么流出来的,他回道:这个就不能告诉你了。而后他又诡谲地眨眨眼说:办法总是有的嘛。似乎不少人都从此说。但我后来知道,打口碟名字听上去诡异,其实倒比盗版碟来路正。美国一些唱片公司因对市场测算有误,生产的光盘卖不掉,又不肯降价,就以专门的工具切一下(所谓"打口"),算是销毁,就像过去我们作为资本主义"罪状"听说过的,资本家将销不出去的成吨成吨的牛奶倒掉。只是光盘盒是高品质的塑料,还可利用,于是废弃的光盘即以废塑料的名义装上船卖到中国。到这边又经过不同的渠道进入光盘市场。

如此说来,"打口碟"实为洋垃圾的一种。"洋垃圾"种类繁多,像电子产品之类的大多是改头换面之后到达消费者手中,而以本来面目示人的,我见识过的有两类:一是服装,一是打口碟。这第一项于今有点不可想象,当年却还很稀罕。有个熟人去广州出差,目的之一就是奔这个。弄了一大堆,用两大纸箱托运回来,从大衣到夏装,什么都有,据说便宜得惊人,一件上好料子的呢大衣只需三四十元钱,连衣裙什么的等于白捡。送人嘛惠而不费,比买吃食当礼物更受欢迎,他的女亲戚女同事尤其喜欢。但这只是一阵子的事,很快就有关于这些衣服藏污纳垢、携带细菌的传闻,甚至有的说在上面还发现了血迹。传话的人一脸惊恐,辅以从杀人犯到车祸到吐血病人的种种想象。此阵风就此偃旗息鼓。

打口碟却是大行其道,长盛不衰。其一,打口碟里乾坤大,与这边市场不搭界的,不定能从里面淘出什么来,常有意外之喜。其二,打口碟原本都是正版碟,是经过检验的合格品,不仅不会出现盗版碟那些千奇百怪的错误,而且声音的质量也有保证。盗版碟则好比山寨版,虽从外观到内里皆降了不止一个档次,但毕竟是完整的,像个东西。按一般人的心理,掏钱总不能买回残次品,何况打口碟是破了相的,无可掩饰,一望而知。然而对许多乐迷而言,后者比前者更有吸引力。我有个爱收藏碟片的朋友,很早以前手里的碟就有好几百张,大部分是打口碟,这也是他引以为豪的。盗版碟里没有的曲目也就罢了,他是同一张碟即使已有了盗版,也宁取打口的,盗版碟只是作为打口碟的补充。在人前欣喜地展示自己的打口碟之际,他口气里有一种宁取破旧也要正宗名牌的傲气。

我不能免俗,凡有盗版碟的曲目,我就要个全须全尾的,问题是盗版碟多数是大路货,想听些没听过的,就还得去打口碟里寻寻觅觅。据说对打口碟最疯狂的,乃是一些喜欢摇滚做摇滚的,一些很不主流的乐队乃至闻所未闻的乐队的身影都能在打口碟里找到——这简直就是他们的精神食粮，关乎成长的，所以后来有"打口一代"之说。

打口碟一开始在碟店里是盗版碟之陪衬，只能聊备一格，既然爱好者渐众，专营的渐渐出现，居然也可自立门户。打口碟店通常都是极狭小破旧的地方，藏在街头巷尾转弯抹角之处，并无明显标志。像小粉桥的那一家，只三四平方米，几只盒里放着碟，旁立一台脏兮兮的音响，主人坐在一张破椅子上抽烟，整个不起眼到经过时一点觉不到它的存在，然而那些乐迷自会找上门来，立在门口闷着头挑挑拣拣，以衣衫不整、蓬头垢面者居多，也有衣履光鲜的，只是好像没见到过一个胖子。

去的次数多了，有时会和那里的小老板聊上几句。据他说，这打口碟也是有名堂的。专门用以切割的机器是连着盒子往里切，封塑的外包装也不除下，所以绝对是原装。切口深一点浅一点，差别就大了，关乎你听到的内容的多少。——这条他不说我也知道。关键是，有些只是象征性地切了一下，盒子上也只有一道缺口，碟片却毫发无伤。他说这是因中方的买家打通了关节："你以为美国人是吃素的？！鬼的！"言语中有一种世事洞明的得意。这样内里完好的碟，批发的地方开的价就高，高到拿到他这种地方卖不出去，所以他是不进货的。有一次他很大方地送了这样的一张碟给我，说是混在切了口的碟里进来的。我有点不好意思要，他道："没得事，老主顾了嘛！"

打了口的碟在他这里都是一个价，但山西路上有一家店的老板很精明，对打口的又分出三六九等定价。我见过同一家店里不同盗版碟价格有高下之分,大体上是紧俏货就贵一点,比如有一阵喜多郎的《古事记》常脱销,店主就会加个一两元钱出售。但对打口碟差异化出售,我只见到过山西路上的这家。盗版碟价格的高低取决于市场需求,总还关乎内容,这里完全着眼于"形式",一概以缺口的深浅论价,缺口浅者贵个五角、一元不等。我觉得好玩之余,也颇为那些音乐家、演奏家叫屈:这些打口碟是作为废塑料上秤称后卖出的,到这里则价值高低全看那道口子了。

当然做此想只是瞬间的事,不管怎么说,对于我的唱机,它们是地道的音乐,只是不可避免地不完整了。

与胶木唱片从外向里转正好相反,CD都是自内向外转,所以打口碟一概有头无尾。短曲的集萃还好些,不过是少听一两首,我最恨的是听那些大型作品,每每是到了协奏曲的第三乐章、交响曲的第四乐章,正待推向高潮之际,乐音变作咔咔之声,你得奔过去手忙脚乱地将它停掉。听打口碟是不能离人的,激光唱头不会在打口处歇下,在充分享受未被伤及部分的同时,让唱头抵达距缺口最近之处就得冒唱头受伤的危险。好在CD机上可以显示播放时间,但第一遍听时是试探性的,不免还是提心吊胆。据说打口碟在世界上唯中国才有,那么咱们听打口碟的种种,也是独一无二的经验了。

VCD与"超强纠错"的VCD机

打口碟纵使颇成气候,在整个光碟市场上也还是支流,说

"碟变"之大势,还该回到盗版碟的洪流中才对。我不知盗版碟的崛起应该怎样划分段落,也不清楚各个段落的起讫时间,然盗版碟之大肆泛滥,VCD的出现肯定是一契机。CD只是听,VCD则是视听合一而重在视,所以VCD称"影碟"。视觉大概是人的感官系统里比较霸道的,所谓"声色之娱"似乎也是"色"更容易将人俘获。(耳机一族虽然庞大,但声音可以成为背景,影像则不大允许"一心二用"。)证据是VCD一出,很快就覆盖了更大的人群。觉得有必要弄台VCD机的人远比CD机的拥趸多,除非是随身听。在大多数人家,CD也已被VCD机(后来是DVD机)收编。VCD机固然可以放CD,然大多数人买它,主要还是为了放影碟。不妨说,比起CD,VCD是更大众化的。

当然大众化有一个前提:价格必须低到大多数人买得起。VCD之前,还有LD,也是影碟,银亮亮的,类似CD,却有胶木唱片那么大,故称大影碟。LD的价格实在是高,我那位很潮的朋友赶在第一拨买,十张碟花了四千元钱。因为价昂,LD少有人问津。迨VCD问世,LD很快销声匿迹。VCD的确平易近人,不过这依然是指盗版碟的价格,家家户户的VCD机大多都是盗版碟喂饱的。

就因为主要是放盗版碟用,卖VCD机的商家推销产品时常以"超强纠错功能"相号召。盗版碟质量有问题,CD、VCD都是如此,也不知为何,CD很少有放不出的时候,但这在VCD则是常事。当然放不出不是绝对的,这台机子上放不出或放了一点就难以为继，没准儿在另一台机子上就一切正常，据说这就是因为各台机子"纠错功能"大不一样。一个说法是，国外的品牌容不得错，稍有差池就不理你，国产的则像什么乌糟乌糟东西都吃过的胃，进去了就能消化。国产对进口，拥有的从来都是价格优势，没想到盗版碟的盛行居然让国货难得地在"技术"上占了上风。

我头一次去买VCD机，对这些还一无所知，到了商场VCD柜台，面对各种品牌，像面对其他电子产品一样不知所措。各机主要性能店家都以毛笔书于纸上，表而出之，奈何我看得一头雾水，倒是对"超强纠错"功能印象深刻，因国产品牌大都刻意强调这一点，或在机子上专门贴一醒目标志，或者有另外更振聋发聩的方式，比如以大号的字书写"超超强纠错能力"，并以大大的惊叹号作结。我记得有一家的口号是"无敌纠错"（或者是"纠错无敌"）。

有个营业员见我一脸茫然，一上来就帮我建立"纠错"意识，极言以现在的情形，应将"纠错"功能视为购买VCD机的首要考量，并力推手边的"步步高"。接下来的现场演示让我立马对国货建立起信心：他拿了一张布满划痕形同废品的碟片放入碟仓，电视机屏幕马上声画俱佳地放映了出来。"有什么错都没事。你就是把碟片掼地下掼裂了，或是泡水里三天，拿起来还是照样放！"他保证说。虽然那样的情况似乎不大可能发生，我也没有那样类于从垃圾堆里捡来的碟片，彼时还是不由被他的演示所感染。他的演示还包括将一张比较正常的碟先后用"步步高"和旁边的一台"索尼"放,结果放进"索尼"就死机,放进"步步高"嘛不用说,立马出图像。结果我就抱了台"步步高"回家。没想明白的是,营业员干吗那么卖力地推销国货,卖出一台进口机,完成的销售额岂不更高?

有点自相矛盾的是,营业员在推销国货时,又保证它用的是外国机芯,"新科"说它用的是"飞利浦","步步高"说它用的是"松下"……岂不是说,"纠错功能"还是外来技术,只是专用于中国市场罢了?而后国外的品牌也开始跟进,渐渐都标榜"纠错"无所不能。以此而论,外国人对中国盗版市场的繁荣,似亦不无贡献。

"电子一条街"上的热闹

我买VCD机时,此物已是各大商场里电子产品销售的"新的增长点",它的大卖则又从一个侧面说明盗版碟之盛行。这时我已从南大的筒子楼宿舍搬出,在珠江路上有了两室一厅的单元房。珠江路系南京的"电子一条街",上面做大做强的意愿相当强烈,提出的口号是"北有中关村,南有珠江路",大有和北京一较高下的意思。从珠江路口向东直到小营,电脑小店一家接一家,家家的主要业务似乎都是组装电脑。我住的那一带是中心,有几个大型"电子商城",楼下就是"雄狮",隔壁是"百脑汇",对面还有一家。至少有段时间里面都有卖光碟的,全盛时期更是大多数摊位都在做这生意。进到商场里面,经常发现别处冷冷清清,有光碟处则颇有人气,若不是有几处柜台上正开膛破肚地修电脑,竟要疑惑进了一处卖碟的大卖场。坐拥地利,那时候我买光盘真是方便到唾手可得,夸张点说,我对光碟差不多已是"左拥右抱"。

事实上我倒很少光顾,起先是因为专注于"听",而电子一条街上常见的是影碟的身影。我对"看"并不是没兴趣,影碟出现之前,"看"外国电影的欲望多半是通过几家录像带出租店得到满足,还有就是看出国的人带回的从电视频道录下的片子。及至影碟品种渐多,我又多半是去几家圈子里口碑极好的碟屋。比如南京艺术学院后门附近那一家,小到简直像个窝棚,常是人满为患,出入的人看上去多半就像"搞艺术的"。据说店主就是南艺的毕业生,常常站在那儿高谈阔论,对碟片如数家珍,所说又远出于一碟一片的背景、花絮,我看让他将一部西方电影史讲下来也不成问题。马台街小巷里有一家叫"先锋"的,进的碟也确够先锋,有小津安二郎、大岛渚之类的片子,甚至《所多玛的一百二十天》那时候居然也有。要淘这些,在我楼下那一类的电子商城里,想也别想。

但是我还是经常逛,偶会发现伯格曼《芬妮与亚历山大》之类的,另外给小孩挑点卡通片、动物奇观之类的,还是不成问题。逛来逛去,发现除碟子之外,卖碟的过程也挺有趣。

我发现卖碟的对鞋盒子似乎情有独钟:卖碟的柜台上多摆放着几只鞋盒子,里面放着碟。起初也没什么分类,反正量也不算大,你就在鞋盒里一张张翻吧。后来有了分类,比如这只鞋盒里是卡通片,那两只鞋盒里是港片,另一只鞋盒里装着欧美片。也不知是不是因为鞋盒大小正合适。根本没有陈列这一说,那是自找麻烦:卖盗版碟这事若敲锣打鼓吆喝起来,未免太不识趣。

电子一条街卖碟的热闹并不限于电子城之内,甚至不好说那些摊位就一定构成主力,因为外面街上还游弋着不少流动小贩,以一人一摊位计,相加起来,数量绝对在商城内摊位之上。电子商城门口堪称集散地,进出的人常被追着问要不要某部新出的片子,特别是港片。他们的基本装备也是鞋盒,通常就一只,搁在身边自行车的书包架上;也有人端着徘徊,让我想起电影里从前卖卷烟的。浮桥有灯光夜市,我只在那里见过将碟一张张摊开在地上卖的,也不知是不是吃定了执法人员晚上不会出动。

"生活片"记趣

细分下去的话,这路人马里还可单列出一个"便衣"别动队。区别其实不在"衣",而在他们轻装上阵到连鞋盒子也没有。像搞地下工作的人在街上接头,这一路的往往游目四顾,神情诡异,瞄准了目标凑上前,向旁张望两眼,压低了声音问:"我有好的,要不要?"

我有次在离家不远处就碰到这么一位,正待问他有什么"好的",他已补充说生活片、套片、毛片都有。毛片我听说过,相当于现在所谓成人影片(A片),生活片、套片则是头次听说,不过既是与毛片一起,也不难"心知其意"。三级片之类,此前不是没见识过,然在大庭广众之下被问到头上,虽是暗箱操作的性质,也还是觉得突兀尴尬:人来人往的,怎么就盯上你了呢?难道一看就像好色之徒?——整个就像隐私大暴露一般。我很夸张地回了一句"不要!"就走了,很有几分愤然,潜台词大约是:我不是那种人!事出仓促,事后大觉当时的慌张可笑至极。

后来我对小贩口中所谓生活片、套片都明其所指了:生活片即三级片,套片则特指那种连续剧似的三级片,一套十张八张不等。有意思的是,其他等级的碟片,即使也是成套卖,就不叫套片。这些分类和命名是怎么来的不得而知,反正在小贩那里,这是约定俗成的。叫法肯定有地域性差异,好多年后我到美国访学,在纽约、华盛顿唐人街的"新华书店"里发现了成人部,所售光碟中"三级"之外,有一些标为"四级"——似是在国内未见的叫法。

买这种碟是有风险的。其实买盗版VCD,风险都不小。我说的是VCD的初级阶段。也不知为何,在"长三角"买CD都可以试听,而我楼下那几个电子商城里,卖VCD的大多不给这待遇,至于街头那些游击队,就更不必说。有摊位的固然是跑了和尚跑不了庙,允许你调换,但来回折腾却也烦人,何况磨嘴皮的事也经常发生。在街头买碟,那就完全是碰运气了。

更倒霉的情形,是遇上骗子。有个外地人,就在我楼下一巷口上了大当。听说南京电子一条街上"什么样的碟"都有,他

时过境迁

借出差之机特意来逛逛。——果然是名不虚传，走到这一带，不断有形迹可疑的人挨过来向他兜售。最后打动他的是个声称手里货最好，且向他指点门径的人。那人开导他说，要买就买"顶级的"，贵是贵，但值啊，相比起来"三级片"整个就是小儿科。外地人原先的目标是"三级片"，被他说得心痒，当即调高了标准。接下来是讨价还价，最后说到四十元钱一张，共买十张，成交。再往后就很悲催了：他急忙到熟人家里查看，结果大多根本没图像，有图像的根本也算不上顶级。

我对此事知之甚详，乃因那人发现上当后跑回事发地点，想找行骗者算账，却哪里还有骗子的影子。他便向人描述行骗者的模样，问有无人见到。那日我从"雄狮"出来正往家走，可巧就被问到头上，不免就要反过来问他出了何事。那人比我磊落得多，并不隐瞒，一五一十地讲。我得说他很有叙事才能，讲得有声有色。细节大都记不得了，最有意思的是，他原本有些犹豫的，促使他掏钱的具有决定性的一个环节，是那人自称解除劳教人员，并且把解除证明拿给他看，道："你还不信我吗？！"他这才下定决心。

当时我听了强忍着才没笑喷：夸耀与要人、名人的关系行骗的不少，以解除劳教人员名义打包票行骗的，还是头一回听说。那骗子是个了不得的心理学家，且不管那身份是真是假，想到祭出不名誉的身份来赢取信任，就是出奇制胜的一招，事实是，这对那外地人居然真的奏效。上当者的心理逻辑也许是这样：卖盗版碟是件有风险的事，贩卖淫秽光碟更属高风险行当,普通人谁敢冒这险?是故那平日避之唯恐不及的身份,此时反成了某种保证。我跟人说起这桩趣事时就是这么分析的。可惜当时我没有质之上当者,问他以为然否。

"扫黄打非"的动静

前面说电子一条街上,盗版碟的买卖似乎已是遍地开花,这里又说到风险,似乎有点矛盾,其实并不。风险一直是存在的,而且经常变成事实。上面整治的决心见于一个名为"扫黄打非"办公机构的设立,查处贩卖窝点、收缴非法光碟即是该机构的一项重要任务。

对于"扫黄打非",大多数人却只知"扫黄",对"打非"未尝在意。但整顿起来,"非法音像制品"当然是包括在内的,电子一条街上的贩碟者概莫能外。像"爱国卫生运动"之类大规模的行动一样,"扫黄打非"时也有一些巨大的横幅挂起来,上有"坚决打击"等醒目的字样。内容相仿的横幅、标语平日并非不存在,然而没那么引人注目,只有"扫黄打非"正在进行时,这些悬挂、张贴的标语才显现出它是有威慑力的。一轮"打击"过后,往往并不摘下,时间长了,因风吹日晒颜色变淡,过往之人视而不见。

卖碟者对此自有拿捏,很是拎得清。例行的检查不足惧,循例回避一下即可应付过去。巡查者多半就是这一带的,态度堪称"亲民",随和到仍能将某种轻松气氛维持不坠。偶或遇上过于掉以轻心者,巡查者会发话:"要自觉噢！""太过分了吧？！""客气当福气啊？！"语气里警告与提醒兼而有之。在商城里,他们前脚刚走,那些收起的鞋盒就又都摆到柜台上来。有回巡视的人刚出门,便有人喊了一嗓子:"平安无事喽——"那是模仿老电影《平原游击队》里的一句台词,引来笑声一片。

当然真正"严厉打击"之时,情况就完全两样。游击人员整个歇工,商城里光碟买卖的痕迹尽皆抹去,电子一条街顿时冷清起来,进入周期性的萧条。时常光顾的买碟者大有"换了人间"之感,专程远道而来的则心有不甘,缠着摊主要看货,或是问来问去。摊主则一概面有难色或神情凝重,顶多压低了声让过些时候再来。这也就见得"扫黄打非"办并不是吃素的了。

最令人心惊胆战的是突然的搜查,事先没半点风声,忽然大队人马就来了。我在"雄狮"就遇见过一回。"严打"已持续了一段时间,有几个摊主显然错误估计了形势,以为风头已过,抢个先手重新开张,买碟者自然向几处聚集,颇为热闹。没有任何预兆,忽然一阵骚动起,有人高喊一声"警察来了！",场内顿时大乱。摊主劈手夺下顾客手里的碟,端起鞋盒就跑。买碟的当中有不晓事的,还在喊:"那张我要的！"摊主哪里顾得上？场里的人都在那儿看戏了,跑的人从这头跑到那头,又折回头来跑,最后发现几个出口全被堵住了。

从里面出来,发现街上也乱成了一锅粥。有个小伙子在拔足狂奔,后面有人在撵。门口有个妇女抱着一鞋盒子碟不肯撒手,与执法人员在抢夺。另有被抓的人在嚷嚷:"叫我不卖,你给我饭吃？让老娘喝西北风啊？！"后来听说，那是一次大的"扫黄打非"行动，商场、街头只是行动的一部分，另有事先码准了到家里去抄的。对被抄被抓者的处置不大一样，起初我以为量罪的依据是数量，后来听说非也，更重要的依据是所贩碟的性质。如仅仅是盗版碟，处罚相对较轻，数量不大的，没收了事。如是淫秽光碟，问题就比较严重，除了罚款，对于情节特别恶劣的，送去劳教也有可能。处罚最重的乃是政治导向有问题的碟。

那次"扫黄打非"大行动之后，电子一条街的光碟市场元气大伤，很长时间没缓过劲来。在街上兜售光碟者，多半就是那一带的人，家就在附近。其时电子一条街上有许多私房还没拆，户主多半也不是有"单位"的人，其子女就业，较那些单位中人又要难些，至少就没了顶职一说。电子一条街的开辟为之带来商机，街面房多租给了小公司，后面或楼上留给自家住。做房东之外，家中人也还要找事做，无街面房的人家则尤有谋生的压力。于是因地制宜，有不少人就干了卖盗版碟的营生：家就是仓库，平日便端了鞋盒子到街上去兜售。

"扫黄打非"风暴中，这一带颇有一些人损失惨重，据说坐牢的也有。尽管如此，风头刚过，他们又复蠢蠢欲动。明目张胆顶风作案是不敢的，改为空着手在街上逡巡，或是到电脑商场门口蹲点，碰着老客户，或是瞄到想买碟看上去又较可靠的人（没有便衣的嫌疑），便带到家里去看货。

有次我正往家走，在巷口遇到一卖碟的在说服两个外地人跟他到家里去看碟,保证品种多,要什么有什么,而且不远,过了街几步路就到。外地人好像犹豫不决。我也是多事,问了句:你不怕抓?那人立马很警惕地看着我,且有几分凶相。为缓和紧张气氛,我就问他都有什么碟。待明白了我就住前面不远一个院子里,他便让我做证这一带卖碟曾经多么火。我实在弄不明白这与他急欲进行的交易有什么关系。

最后他邀我和两个外地人同去他家看碟,拍胸脯担保我必有收获。我对在这一带淘碟早已不抱希望,那天却不知出于什么心理,跟着去了。跟在后面走时,忽想起听说过的强买强卖之事,过了街拐进小巷时不由就有几分紧张,仿佛正在走近一个黑窝,黑窝里有打手似的。

"黑窝"在一栋破旧二层楼房的二楼,临着珠江路大街的一面是门面房,一个门面就是一家电脑公司,另一面出门就是巷子,有着居家过日子的市井气,满眼是晾晒的衣物,甚至还能见着倚着墙的马桶。有个老头坐在门前一张藤椅上打瞌睡,卖碟人打个招呼就领我们进到二楼的一个房间。房间不大却显得空空荡荡,因为只有一张床、一张桌,不像平日有人住的样子。那人二话不说,从床底拖出几只大纸箱,里面全是碟片。两外地人两眼放光,立马翻检起来。显然盗版碟的世界对他们还相当新奇。骤然见到这许多,又未经分类,两人不免目迷五色又一无头绪。我费了半天劲从大堆乱放的碟里居然寻出了两张一套的歌剧《茶花女》,他们仍像是一无所获。卖碟的原是抱着膀子站在一边抽烟,神情倨傲(有这么多好货不怕你不要的意思），这时不耐烦了，对外地人说："你们到底想要什么？阿会挑啊？！"而后过来一通拨拉，找出牛皮筋捆着的一叠套片来，很斩截地替他们做主："就拿这个，绝对不会错！要是看了不好，拿回来，我倒贴！"他手上拿着的是一套《金瓶梅》。仿佛要加重他的担保的分量，他把碟片杵到人眼皮子底下，又道："杨思敏，晓得吧？——'亚洲最美丽的胸脯'噢！"果然，封套上主演的名字旁边，醒目地题着这么行字。不知道是他不由分说的气场，还是这行字具有的说服力，外地人没再问什么就买下了。

此情可待成追忆

二〇〇二年我从珠江路搬到了草场门，其时珠江路上的碟片生意已不复昔日的红火，并非就此偃旗息鼓，倒似化整为零。山西路"长三角"、珠江路电子一条街那样的集散地日渐萧条，大街小巷、城市各个角落里的大小碟店却是层出不穷。卖碟之外，租碟的铺子在居民小区里也很是热闹。

搬到草场门不久，我就在石头城菜场旁边发现了一家叫作"华彩音像"的。只是这时我看碟、听碟的发烧期已过，而且这家与大多数碟店一样，进的都是大路货，不是淘碟的所在。当真要找点小众的碟，不如走远点，到马台街或是北门桥那儿的"红帆"。故我常常是过其门而不入，直到碟片市场风云再起。

我说的风云是指DVD压缩碟的出现。一张DVD的容量，撑死不过个把小时，一张压缩碟则可以播放八九个小时。带来的最大方便，是可以不择时地看电视连续剧或系列节目。以往电视节目都是过时不候的，首播的电视剧通常是每天晚上播两集，碰到想看的，得每晚在电视机前候着。若是错过，则要等到电视台重播。就算你有闲工夫每晚守着，也还有频频乱入的大段广告让人不耐烦。我看到过卡通故事、动物世界之类的成套碟片，不大见到有电视剧制作成碟片的，即或有，大概也多是供租碟铺子的。试想一部剧几十张，花几百元钱买来，重看的机会几乎为零，没几个人会以为值。这下好了，再长的电视剧，几张压缩碟便可搞定，受制于电视台的日子可以结束了。而且压缩碟的价格很快就降下来了，便宜到不少人宁可买来看，也懒得去租，看完扔掉亦不觉可惜。当然，此类碟全是盗版。

　　我不记得具体的价格了，有意思的是，在海外可以低到什么程度倒见识过。压缩碟对看国产剧的海外华人，绝对是个福音，我有不止一个身在海外热衷国产剧的老同学表露过因这便利而来的兴奋。他们的碟并非全是趁回国时大肆购买的，有不少就是在纽约、巴黎的地摊或小店觅得。二〇一〇年我在纽约法拉盛街头就见到过卖碟的地摊，是晚上出的摊，在过街天桥下面，一部《五月槐花香》只要一美元。足见老同学口中"一美元看一部剧"的嘚瑟，并不是夸张。我疑惑的是：这些碟是从哪来的呢？国内也便宜不到这地步呀？难道地下的盗版业卖到海外去也有退税一说？

　　二〇〇二年我去法国教书一年，回来后发现压缩碟已成为碟店的新宠。压缩碟看上去就和DVD不一样，DVD为单张或双张,都是或方或长的简易塑料盒,若是好几张一套,就一叠装在塑料袋里,套个封皮,用牛皮筋一勒。压缩碟不论数量多寡,都是装一硬纸封套,张数少的服帖,张数多的就任它塞得鼓鼓囊囊。我一开始不明就里,还道是DVD包装又有了新花样。头一个为我分解,且极言压缩碟好处的,是"华彩"的老板娘。"华彩"是夫妻店,平日不见老板,就老板娘守着,别无帮手。老板娘不苟言笑,偶露笑容也生硬勉强,对顾客说话硬邦邦的挺冲,倒像你欠着她什么似的。其实"欠"她什么的是她老公,我只见到过他两回,在店里待了很短的时间。就这两回,他还都在横眉竖眼地大声训斥她,全不管店里挑碟的人。她那边辩两句,立马被老公更大的骂声镇压下去,她便只剩下敢怒不敢言的嘟囔,神情在怨恨与怄气之间。待她老公驾摩托扬长而去,她因当众受辱的难堪,对人的态度越发生硬起来,跟人说话都是赌气的口吻。

她向我举荐压缩碟,也是伴着没好气的神情,一边陈说容量巨大,清晰度不输DVD(这点是不确的,但看者本就不像看电影那么计较,模糊一点,倒也无妨),一边就像是在质问:喜欢看碟,怎么会不知道压缩碟? 这弄得我觉得不对自己的无知表示惭愧都有点过意不去。尽管如此,压缩碟盛行的那段时间,"华彩"我还是经常去,因为有好多东西可看,而老板娘的生硬比起有些店主不停的聒噪和一种欺上身来的热情,更能令我接受。她有所推介,都是直不笼统的,几句话说完就站一边不响了,由你安静地拣选。我还记得在那儿买的第一套压缩碟是

《走向共和》，由此开启了看电视剧的新模式。那可以称为"恶补"式，电视台要播十几二十天甚至更长的时间，我花几个晚上便看完了，没有乱入的广告，跳过片头片尾，两三个小时，便可看上五六集。我从此再不看电视，一些国产好剧，像《大工匠》《历史的天空》《金婚》什么的，都等着碟子出来，再这么"一气呵成"地看。

压缩碟带来的好处不止于观剧的便利，还令许多资源被发掘出来，重加利用。比如希区柯克的电影，做碟的给你集到一起，几张碟一网打尽。什么《奥斯卡最佳外语片》《马龙·白兰度全集》……以导演为题，以演员为题，以奖项为题，以年代为题，以类型为题，各种编排组合纷纷出笼。搜罗一下，建个个人小资料库，不是难事。若是对画质不挑剔，将就点，这些碟也还可看。我更感兴趣的，是不常能看到的一些纪录片和系列节目，比如美国国家地理纪录片、日本放送协会（NHK）的铁道纪录片、凤凰卫视的《冷暖人间》等等。一时发现，值得一看的东西还真不少，家中的电视机成了专门的播放器，收看电视节目的功能近乎闲置，唯有逢球赛直播，还能派上点用场，所以仿佛永久地定格在体育频道。

但是，压缩碟的热闹，似乎已是光碟市场掀起的最后一波风潮了。有一阵，自助刻录光碟曾变得流行，当然是因为个人用的刻录机的出现。遇到什么稀缺的碟，就自家买空白盘刻录，便当得很，就像当年翻录磁带，不同处是还可以从网上下载。有个同事的小孩喜欢古典音乐，上中学时同事带他到我家听过音乐,看过我的碟,那时我淘来的碟还挺让他羡慕。后来,已成大学生的他开始到处搜罗,而后刻了一大堆盘,名曲名家名乐团的各种版本,弄出一个一个系列,洋洋大观。我当年钻头觅缝淘来的那些,在他简直是得来全不费工夫,令我大起此一时彼一时的感叹。

自己刻录之外,还有提供服务代劳的,据说网上多得很。我则见过街头倚着自行车竖块纸板就揽生意的。或者他提供目录,或者你要什么告诉他,什么稀奇古怪的碟都能给你刻录出来。然而私下的刻录只能算是余兴节目,远不能看成光碟大业的中兴,与碟店生意曾经的火爆相比,只能算是小打小闹。

眼见得碟店就在走下坡路了。事实上网络一直在侵蚀光碟在视听江湖的地盘。先是MP3把随身听给灭了,要听啥都从网上下载,再往后都在手机上听。CD呢,似乎主要是供粉丝买专辑,或是发烧友专事收藏。要看电影、视频则网上有海量的资源,弄个移动硬盘,往里存就是了。网络搜索方便,连从一堆碟里挑出要看的这样的举手之劳都给免了。对绝大多数人而言,有了网络,CD、DVD什么的都成了浮云。

于是星罗棋布的一家家碟店纷纷关门大吉,街头摆摊卖碟的游击队也消失了。有一天到石头城公园去散步,路经菜场,发现"华彩"居然还在,不免好奇。进去看看,还是那老板娘一人苦着脸在守着,却没了碟片的踪影,卖的是文具、手机套、U盘之类。出来时发现,店已然不叫"华彩音像",改称"华彩卖场"了。

针对盗版碟的治理行动也久不听闻，最终让盗版碟销声匿迹的不是大张旗鼓的"扫黄打非"，而是网络化生存的愈演愈烈。当然，事实上不独盗版碟，就是正版碟也已被网络挤得几乎没了生存空间。

　　起劲儿地淘碟，好像已是很久以前的事，其实呢，并没过去多少年。

校园点滴

校徽

"博士满街走,硕士不如狗"这类调侃的话,我猜是学校中人自己发明出来的。出处在哪里,已不可考。类似的说法,我印象里二十世纪九十年代就有了。当年是商品经济大潮初起,"下海"似成"时代强音",不时会听到什么人辞职经商赚了大钱的传言,继续困守书斋差不多就等于不思进取。与之相配套的,则是"造导弹不如卖茶叶蛋"之类的顺口溜。自嘲中的失落感,不言而喻。

不曾居于高处,就无所谓失落,须知退回去几年,不必硕士、博士,但凡进了大学的门,是个大学生,就足以顾盼自雄了。高考恢复后的那几届,十多年积压的人才汹涌而来,有如"千军万马过独木桥",能进大学者百里挑一,宜乎受到近乎膜拜的尊崇。社会上对大学生不免另眼相看,你若是自我感觉不那么良好,好像都对不起周遭的青眼相加。大学生俨然构成一个特殊的群体,拥有一种特殊的身份。当然,填履历表,"大学生"好像也并不于"学生"之外独成一类,但是此"学生"非彼"学生",在世人眼中,"大学生"本身就已经是对无量前程的某种允诺。

亮出身份是件令人愉快的事,但你不能有事没事逮着人就说你是大学生吧?好在有样东西可以助你彰显这身份而避免刻意显摆,我说的是校徽。这东西现在似乎已不大见到了,那时好多学校都有,学校统一发放,每人一枚。校徽的大小、样式并无统一的规定,放在今日,各个学校怕要各显神通,在设计上大做文章了,当时却似一个模子刻出来,都是约五厘米长、手指那么宽的小横牌,上面是手写体的校名,由背面的别针别在胸前。别种的徽章,标示的只是行业,比如军帽上的帽徽,似乎唯有校徽将你的"出身"显之于外。

校徽通常是搪瓷材质,分三种:教工的是红底白字,研究生的是黄底红字,本科生的则是白底红字。若分尊卑高下,排序应是红、黄、白,但在我印象中白校徽才最足以傲人。其时研究生为数寥寥,不成阵势,非学校中人甚至不知还有硕士、博士一说,见了黄校徽亦不明所以。教师地位当在学生之上,只是红色校徽系教职工通用,不独教师,学校里各色人等都戴这个,故不能作为"知识分子"的标识,而且教师虽是值得羡慕的职业,但撑死了也就是一教书匠,大学生则充满种种可能性,如同过去的秀才举人,日后不定怎么发达呢。还有一条,大学生较前两类人年轻气盛,大概也是更愿意显摆的。

校徽的功用在于身份识别,有时候提示的是内外有别。我就读的学校一度整顿校纪校风,规定必须佩戴校徽才可入校。门卫守着大门检查,胸前空白着就被拦下。我有过不止一次受阻的经历,又掏不出学生证,不得不回家去拿。

其实就自豪感的外溢而言,在学校里是无所谓的,因为大家都一样,到了外面大学生的身份才会让你有木秀于林的优越感。故彼时不少大学生反倒是在离开学校时会惦着把校徽别上。有校徽加持,哪怕衣衫敝旧面有菜色,也还是能令人刮目相看,心气亦自不同。一九八一年我骑车旅行,在舟山体委招待所里遇到一拨郑州大学的学生。时将午饭,我问他们买了饭票没,他们为首的一个大剌剌地说:"要什么饭票?让他们管饭啊。"我想,哪有这等好事?我们算老几?那人不待我出言,用大拇指指着胸前校徽道:"我们是谁?我们是大学生啊!"

不"作"不成"文"

不知道现在大学的文学院还有没有作文课,我读本科时,我的学校里是有的。我倒也没怎么反感,因为并不知道大学的课程设置该是怎么样,但是总觉得该和中小学不一样吧。其实也没什么不同,只是不叫"作文",叫"写作"。并不操练什么特殊的文体,还是"记叙文""议论文"之类,像是中学的延续。老师也未见得高明,因为都不是干这个的,原本都有自己的专业。我只记得一位老师上课不看学生,习惯性眼望天花板,大家背地里笑话,说他的教案好像写在了天花板上。

和过去唯一不同的,是先来了一次考试,成绩优秀者这门课可以免修。大概是因为那两届学生中,不少人是历练过的,在各自单位都是舞文弄墨之辈,不必再过一遭。一场考试下来,自然是几家欢乐几家愁。其实也没什么好愁的,未过关者不过是上一遍课而已。问题是年龄大者或者自我感觉不错者脸上有点挂不住。我有个日后写小说写出了名堂的好朋友尤其有理由感到沮丧,他出身写作世家,且已立志要吃写作这碗饭,偏偏这回得了一个"中"。全班五十几人,非"优"即"良",得"中"的仅二人,差不多等于被拎出来示众。

我没过关很正常,好像班上有两位搞儿童文学已然小有名气的同学也未能免修。我对那次考试记忆犹新,是因为直到现在,我还会因交上去的那篇文章感到害臊。

我的文字操练,是从"大批判""小评论""讲用稿"之类开始的,它们构成了"文革"年间的主流文体。除此之外,从小学到中学,记忆中我好像就没写过几篇正经作文。待高考恢复,各种补习班出现,考文科的人便有了一番作文的强化训练。我上的补习班设在南师大,据说是最好的,讲课的清一色是大学老师,范文则多成后来作文的"经典"。

阶梯教室里坐得满满当当,足有两百号人。对于我们这样此前作文模板非报纸社论即先进事迹报道的听众,听老师讲杨朔等的文章,简直就是接受洗礼啊。到现在我都还清晰地记得,有位老师如何口沫横飞讲杨朔《雪浪花》里浪花咬礁石那个"咬"字;另一教师讲魏钢焰"指挥棒一跳一个巨浪,一甩一个浪花"一句,不仅是眉飞色舞,简直是手舞足蹈了。当然,不论哪个老师,对杨朔等作家的"形散神不散",还有卒章显志的结尾,必是大谈特谈。

经此一番洗脑,不管此前知不知道,杨朔等作家都迅速成为我们的作文偶像。我那篇应试的作文就是这路数的一次低仿。我们的题目是"当我走进南大的校门"之类,不言而喻,是要写终能上大学的心情,写神圣感、自豪感如何油然而生。与我很多发奋的同学不同,我实在是懵里懵懂参加高考的,考上了,自然觉得面上有光,也就仅此而已。那几天恰好把校徽弄丢了,费了半天劲儿才找到。失而复得的欣喜固然要大肆渲染,关键是"升华":校徽是个象征,于是乎当代大学生的使命、责任等,都随着校徽的失而复得进入我的意识,这个小事件俨然成为"觉悟"的一个契机。

我已记不得怎样起承转合,反正是无限上纲、小题大做吧。有个同学为作文颇费思量,看了我的,不以为非,说:有这么个事,后面点题就顺了。——倒好像没有摊上个波折颇感遗憾,我则捡了个大便宜似的。

可见以为作文就应当这样的不止我一个:不"作"不成"文"啊。

泡图书馆

上中学时,常拿了父亲的借书证去南京图书馆。南图最吸引我之处,是它的目录柜。一个一个的深长小抽屉排列有序,里面是一张张目录卡片,经过多人之手,原本硬挺的卡片已经变得软塌塌,而且油腻腻。然而一张卡片代表着一本书,想象一下,那真是"书的海洋"了。未及弄明白什么"中图法""笔画法"等检索方法,我已然开始逮谁是谁地乱翻起来。最初的兴奋,颇似发了横财,坐拥金山,此生衣食不愁了。但目录柜很快成为最最让我幻灭的所在,因为你在卡片上眼睛一亮发现了某本传说中的书,急煎煎填了单子递给馆员,得到的答复不外"这本书不外借"或"没有"之类,借书整个变成了"望梅止渴""画饼充饥"的行为,堪称自虐。

此种自虐的终结,要到我上大学,坐进南京大学图书馆阅览室以后。这时我仿佛才明白了,图书馆不单是个借书的地方,更是个看书的地方,虽然南图有阅览室,我却没在那"泡"过。"泡图书馆"的说法不知是不是从"泡妞"而来,"泡妞"这么个极像地道北京话的词,据有人考证却是洋文出身,系英文"PICK UP HOT CHICKEN"的翻译。"泡"即对"PICK UP"的音译,但至少是兼译了意的,以中文的角度看,"泡"字极生动,不拘是用于"泡妞"还是"泡图书馆",要长时间地浸淫其中,下所谓"水磨的功夫"。依我之见,一头扎在阅览室里看书,才是"泡图书馆"的正解,因借书、查书均不需要长时间的盘桓。

我泡图书馆,很大程度上是出于不得已。读本科时正逢"读书无禁区"口号喊出之际,许多书开禁了,许多"可疑"的书出版了,图书馆里虽有,却概不外借,只能坐在阅览室里看。爱伦堡的长篇回忆录《人 岁月 生活》就是我在阅览室里从头到尾读完的。书上标着"内部发行"字样，加起来有七本之多，一连好多天，我念兹在兹的，就是这套书。

首先要惦着占座位。阅览室就那么大，每天早晨大排长龙，开了门众人一拥而入，去得稍迟，只能向隅。"向隅"只是个说法，但的确每能见到找不到空位只好长时间倚墙而读的学生。占位之外，你所欲读之书是否已被旁人抢了先手，又是一虑。像高尔基《克里姆·萨姆金的一生》那样的老书也有可能早早被借阅，就不用说《人 岁月 生活》这样的时鲜货了，何况它还打着"内部发行"的印记。有好几次，我眼睁睁看着别人将我正要看或看了一半的那一册借走，心里顿时凉了半截。所幸这套书有七册，退而求其次，能借到哪册便借哪册。没读过的，便读；已读过的，便做摘抄——爱伦堡引述了大量白银时代俄苏诗人的诗句，美不胜收。

阅览室鸦雀无声，自有它的一种特别的氛围，那么多人端凝而坐，屏息以对，书籍在这里似乎绝对唱主角，受到近乎膜拜的尊崇。不是从来如此吗？几十年后，偶会去校图书馆阅览室（对我而言，读研后系资料室已然取而代之），我发现那里大体上已成了自修的所在，架上的书籍基本无人问津。一样的安静，书籍却成了陪衬。

虽然安静，彼时阅览室里的人倒更容易被书上的语句撩拨得"心潮澎湃"。故常常一书尚未读罢，便有奔走相告、找人交流的冲动。寝室里不可开交的争论也常是由此而起。我到现在还记得从爱伦堡书中抄得的一个句子，那是巴尔蒙特一首诗的首句："我来到这世上，为的是看太阳！"不夸张地说，犹如醍醐灌顶，我有被击中的感觉。在阅览室里坐不住了，我只想到外面去手舞足蹈，或是大喊一番（虽然事实上没离席，激动了一阵又接着往下看）。

那反应，相当之青春，相当之"八十年代"。

逃课

南大好像是最早实行学分制的高校之一。到现在国内的高校仍有学分制、非学分制之别。实行后者，课程表上的全是必修课，没选择。实行前者，有选修课一说，学生有更大的自主权：相当一部分课程可自选，累积达到一定的学分就能毕业。我当然是喜欢后者。但直到本科毕业，我对学分制一直有着一厢情愿的误会。也不知从哪得来的印象，我以为学分制就是上课不上课听便，考试得到通过，拿到学分即可。我还杜撰了"学时制"这么个说法，与学分制相对，其定义是必须在课堂上坐满多少学时。好多年后，我无意中在百度上发现，学时制似乎是学驾驶的专用概念。当年还没有私家车一说，现今多如牛毛的驾校在那时更是连影子都没有，何以我有本事发明这概念，我也想不通。"谬种流传"的可能性相当大，因为我言之凿凿地跟好多人说过，举之为南大"自由"的证据，说得煞有介事，从未受到质疑。

这"想当然"的学分制对于我的意义,在于可以名正言顺地逃课。即使知道了学分制的正解,我恐怕还是会逃课。通常情况下,逃课也没什么难度,因为大多数课上老师并不点名。上小学、中学,逃课要想出种种理由,否则就会有大麻烦,而在南大则不会有灾难性的后果。我不知道北大一向如此,当时只道大学真自由。我对大学之"大"的体认,居然首先在这里。

逃不同的课,有不同的因由:有时是因为内容枯燥,有时是因教师讲得不好,有时是为了看电影、球赛之类,有时干脆就是因为睡得太迟,早上爬不起来。最末一种情况,多是独自逃课。若是人已在学校,上午三、四节课则很可能是与人相携逃课。这时已经上完前面两节课,后面的课无聊,只要微露去意,至少在几个走读的南京人中,必是"人同此心,心同此理"。其他住校同学若逃课,可以回宿舍待着,我们无处可去,图书馆这时早没位子了,空教室也是别想的。大老远跑到学校,骤然断了节奏,一时也不知干啥好,有一阵醉心于打排球,然而大上午的就打球,像是大张旗鼓地玩耍,有罪恶感,就这么散了各自归家,似乎心有不甘,最后是去看电影、溜冰,或者在某个空阔处穷聊一通。

看电影很近便,出学校东门就是曙光电影院,运气好,当场买票就能进,更多的时候要等退票。有次遇到一个在南大读历史系的中学同学也在等票,我便忽的喊了一声:"你逃课的吧?!"他与他同学在一块儿,也不搭腔,做个鬼脸,有一种同案犯式的心照不宣。

如果想看的电影"曙光"没有，没准儿我们还会杀奔山西路，那儿有家和平电影院。清楚记得有一次和一个叶姓同学看了一部侦探片，看完出来，两人都是一头雾水。中文系的人连这都看不明白，太掉价，故谁都不说，只是试探对方。后来两人都露了馅，不装了。古人所谓"相与抚掌大笑"应该就是那样的时刻。承认不懂真是件让人顿感释然的事。那次以后，我便不再为看不明白一部电影而纠结：不懂又打什么紧？

与看电影比起来，溜冰是件更潮的事。其时南京刚有了旱冰场，五台山是一处，玄武湖公园又是一处，时髦青年都竞相奔赴。像舞场一样，这里往往是"社会青年"聚集地，就像当年北京的溜冰场是大院子弟们拍婆子、约架生事的地方。我们都不是赶时髦的人，赶这场子只是因为新奇好玩：跟看动作喜剧似的，滑稽的场面层出不穷，大多数人都是初学，跌跟头戏码此起彼伏。我们也乐在其中。挑战性也就在这里，两三回过后，能做到不摔跤了，我们就不大去了。玄武湖公园的冰场后来玩花样，改造成所谓"波浪冰场"，平地弄出些起伏的坡来，上上下下，增加了难度。冲着新奇，我又去过一次，就罢了。

在这样的场合，逃课的负罪感是容易"油然而生"的：看电影，还可解释为文学的延伸，溜冰怎么都属"荒于嬉"的"嬉"。故逃课看电影我还有过独自一人的时候，溜冰都是两三人结伙去，潜意识里似乎结了伙罪责就分摊，不是个事儿。

所谓"结伙"，通常也就是两三人。我记得最能称"众"的一回，是四五个人上午的后两节课都没上，到大操场边上闲聊。

开始的话题居然还是和课程有关的:那个学期正上着"现代汉语",我们相约以后不说南京话了,即使南京人之间也说普通话,这对学那门课有好处。我们和外地同学都说普通话,可相互之间南京话说惯了,忽然之间要改口,大是别扭。憋了好一阵,谁都不出声,而后大笑。

众人大笑之余都说,不行,得立规矩,再说南京话得挨罚,做俯卧撑。后来做俯卧撑就跟受不受罚无关了,成了比赛,也不知谁想出的花样,下去那一下子要嘴触了地才算,说这是连带着学习接吻。——没一个会这个吧?得学。地下脏,撕张纸垫着。当时正在上映一部叫《水晶鞋与玫瑰花》的美国片,片中破天荒出现了接吻的镜头,报上为这镜头是否有色情嫌疑(在今日大约要用上"负能量"的说法)一本正经争得不可开交。不记得我们的哄闹是否与此有关,要不咋想起这个,不成了"空穴来风"?在场的人都说没接过吻,假如属实的话,我们的"初吻"便都献给了那张纸。

上课不点名,逃课没什么风险,例外的是政治课。这类课通常都是大课,一两百号人济济一堂。"人同此心,心同此理",大家不约而同地缺课,教室顿显大而无当,学生稀稀落落如满嘴缺牙。大逃亡纷纷上演,未免让任课教师脸上挂不住。结果是,政治课要点名了。这么多人,每堂课点一遍,太费时,只能是隔段时间点一回,或者是抽着点。

对付点名的办法也就"应运而生"。这也简单,便是在场的人替不在场的人应一声"到"。起先恐怕是都有嘱托的:关系好的人相互之间事先通个气,到后来就免了,大家有默契,无须交代,到时有人自发就去"补位",然而有时也会坏事。有一回,一逃课同学恰被点到,代答者踊跃,同时有两人应声,且声音响亮。大家原本都是身在曹营心在汉的状态,各干各的,此刻愣一下,随即窃笑或大笑。台上的人是尴尬还是恼怒,我倒记不得了。

大学四年,我课下没有找过老师问难或是答疑,没几个老师会对我有印象,很不幸,政治课的一位金姓老师倒能叫出我的名。他的课有过小组讨论,简易教室里水泥桌凳是固定的,没法围坐,于是在宿舍里进行。金老师不肯放任自流,深入到宿舍里来参与,偏偏他到的是我所在的那组。那次我没逃,却很迟才到。这样的场合,前面当是没有点名的,但我这么大刺刺进去,打断了讨论,老师问句"这位同学叫什么呀?"也是顺理成章,我想隐姓埋名是不成了。问得和颜悦色,答得云淡风轻,我没当回事,事实上也没什么严重后果,只是他对上了号,下一回我在课堂上行为不轨时,他可以指名道姓警示我了。

政治课上的不轨行为相当普遍,最常见的是抱着本不相干的书在看,也有交头接耳小声说话的,还有就是看报纸。看书可以冒充看课本,看报则混不过去,而且动静大。出于礼数,看报的人倒是多少有些遮掩的:报纸拿到桌下去看,或是折小了再拿上桌面,至少翻动是在下面。那一回我好像是在看《中国体育报》,也不知怎的,居然就在桌上"大开大阖"起来。八开的大报摊开,想不招摇也难,翻报的声音也来得个响。正看间,就听金老师的南京口音点到我头上："余斌同学，不要看报纸了。"

金老师实在是脾气很好甚至不乏幽默感的人，我这里用句号不用惊叹号，乃是为了如实传达他的语气——他并未提高嗓门严厉起来，甚至脸上还挂着笑。当然，效果还是有的：满教室的人像是忽然醒了，无数眼睛朝我这边看过来，而后是哄笑。骤然成为焦点，我颇觉尴尬。课后不止一哥们儿取笑我，我连称："知罪，知罪！"——不是敷衍，我是真的觉得自己过分了。

好多年后，我干了教书这一行，站在了讲台上。就课堂纪律（"纪律"二字用在大学课堂上总觉别扭）而言，我的要求很松，只要不过分，即听之任之。当然，我更乐意做的，是每学期第一次课上即开宗明义：逃课无妨，考试过关即可。这和当年自己逃课的感受大有关系：与其无精打采坐在课堂上，不如去泡图书馆。

这也算是对读本科时逃课行为的一种"追认"或"正名"吧。并非逃离了教室就直奔图书馆，溜去看电影、滑冰等"劣迹"已招供如上，但另一面也是真的：更多的时候，我在读书。一则那时全社会弥漫着"要把失去的时间夺回来"的急迫感，我不像大多数同学下过乡或在工厂、部队待过，深感眼前的机会来之不易，然在周遭发奋苦读的气氛中，不敢不勉；二则骤然可以读到许多此前不可能读到的书，恨不能"一日看尽长安花"，委实有一种强烈的学习欲望。

我的开宗明义是上课不点名的升级版，简直就是"教唆"学生逃课。这里面摆高姿态的成分也不是一点没有。证据是，逢教室里稀稀落落"惨不忍睹"的时候，心里不由会泛酸，暗想我的课就糟糕到这地步。有届学生较淘气，要探探我的气量有多大，相约逃课，结果三四十人的班，有次到课的只有五六人。至少表面上看我还算伤得起，与平时无异，把课上完了。据说这在学生当中传为美谈，举为余老师凡事不在乎的一端。实情是，背过脸去，我乃自怨自艾：不点名就罢了，偏要高调宣扬，装什么大尾巴狼啊？

但给学生逃课的自由，仍是我的"政治正确"，虽遭报应其犹未悔，因为认定大学的课堂就该是来去自由的，也因为见过反面的经验。多年前我曾到一民办大学某学院教了几学期的课。学生坐不住，一堂课从头到尾，嗡声四起，你得提高了调门，加大了音量，才能勉强凌驾其上。这是在南大上课没碰到过的，因不想听课的人已是想干吗干吗去了，就算听到一半觉得无趣不能马上离去，这些学生也老实得多。起先我还不明白，该学院学生何以视听课为寇仇了，却不逃课，后来才明白，那里是严禁逃课的，每堂课都考勤，有专人做记录，缺课若干，就要受相应惩戒。坐不住，又逃不了，以己度人，那些学生上课如坐监，哪能太平？如此这般，若想安静，授课者还得兼差维持秩序的警察，真是苦不堪言。于此，我深感禁止逃课对学生固然是一种折磨，对教师未尝就不是。

与中小学生不同，对大学生，我们预设其是能够自下判断、自主选择的成年人，逃课的自由不能剥夺。这在南大基本是共识，至少在文学院是如此。有位老同学，后来做了文学院的党委书记,不止一次在开学典礼上对学生说:不会逃课的学生不是好学生。我在课上说,不过是我的课堂我做主,他大张旗鼓地说,则更具"公开性",逃课因此也更具合法性了。而且他还上纲上线,整个是在逼迫或诱使老实的学生来点叛逆。

学生听了自然欢欣鼓舞,只是他们大体上不说"逃课",流行的说法叫"翘课"。一直不明白取自何义,人死掉有一说是"翘辫子"或"翘得唠","翘课"是说让这堂课"翘掉"?

食堂

二十世纪七十年代末八十年代初,媒体上频频出现的一个词语是"百废待兴"。经历"文革"十年,"待兴"的事情的确太多了,因此怎么也没轮到食堂:我们学校的食堂像别校一样,到我毕业时,还是"抱残守缺"的模样。

与今相比,那时的食堂实在已不是"寒碜"二字足以尽之。我是走读生,住在家里,寻常不去食堂,直到入校好一段时间,才第一回光顾。食堂里全是人,打饭打菜的窗口大排长龙,打好了饭菜的则围着一张张方桌,站而食之。全站着,因为没有板凳。记不得在南大食堂站着吃饭持续了多久,我只知道,这情况还算是好的,堂堂北大,食堂里连桌子也没有。一九七九年暑假去北京,在北大的老同学那儿住了一阵,发现食堂里大家都蹲着,一手拿馒头,一手持筷子,地上每人跟前放一饭盆,里面盛着菜。

食堂就那么大,人那么多,中午就餐高峰时能在桌边找到一席之地就不错了。许多人不得不把饭菜端回宿舍去吃,故吃饭时分,满校园都是端着吃饭家伙的人。通常一手拎饭盆,另一手拎热水瓶:水房挨着食堂,趁着上食堂,把打开水这桩要事也给办了。

往食堂来的,手里是空碗;从食堂出来的,或是端着饭菜,或已食毕携碗而归——不比现今的食堂提供餐具,当年都是自备。相应地,食堂里四处布下刷碗的水槽,每到开饭之时,那里是又一个热闹的所在。吃完了饭的人蜂拥而至,纷纷抢占水龙头。

有的人会选择把吃饭家伙存放在食堂。食堂并无储物柜,就是沿墙立着些架子。谁也没有固定的位置,哪儿空着就摆哪儿。风险是有的:保不定谁就把你的给拿走了,有时是错认了,有时是上食堂忘了带家伙顺手拿了去。找不着自家碗筷的人不能不吃饭,于是顺手又拿了别人的。如此这般,不定何时,你就在什么地方又遇上了。

学校大,食堂有好几处,将碗筷存放于某食堂,当然是认定了就吃他家。在相当长的一段时间里,这是不言而喻的:不是因某食堂口碑好你选定那里,是上面定死了的,你只能去规定的食堂。哪几个系在一食堂,哪几个系在二食堂,不容混淆,也混淆不了,因不同的食堂饭票不一样。拿着一食堂的饭票想在二食堂用餐,没门。这应算是计划经济具体而微的体现了:计划经济不就是听安排吗?

就此而论，南大学生对计划经济的抗争，最早便是吁请校方给予自选食堂的自由。那一次事情闹得颇大，学校先是不答应，架不住群情激昂，最后让步了。当时全国所有的高校，学生按规矩都必须在指定食堂吃饭，南大学生率先争得了自选食堂的自由，颇可自豪。后来有别校的人因南大头一个搞期刊论文排名而出言讥讽，谓为"始作俑者"，我会打哈哈说我们也带过好的头，举以为证的就是此事。

饭票

饭票现在还能见到，不像粮票、布票、油票之类，已成历史陈迹。这也就见出饭票与匮乏年代那些票据的性质各别——后者是派发的，定量供应，想多买也没门。粮票属中国特色，饭票则是有食堂处便有，只是好像我们更习惯把外国学校、公司里用的饭票叫作"餐券"。

虽然性质差不多，我还是愿意在饭票、餐券之间做出区分，因为前者委实要复杂得多，尤其是在我读大学的时候。宾馆或外国学校食堂里的餐券，大多用来吃自助餐，或是可选择的套餐。饭票则实行的是点菜制，菜价不一，不免要像钞票似的需要找零。但我所谓"复杂"，还不止于此，关键是，我读本科时粮票还没有取消，饭票恰是牵扯到粮票的。

说"饭票"是一言以蔽之了，事实上食堂所用，还有饭票、菜票之分。菜票简单，多少钱就买等值的菜票，饭票则须粮票、钞票并举:买一斤饭票,要一斤粮票、一角五分钱。饭票是饭票,菜票是菜票,不可互相替代,吃顿饭,二者缺一不可。饭票是用以买主食的——干饭、稀饭或是面条,若是买包子,不拘菜包子、肉包子,就还得菜票来帮衬。包子有馅,已溢出"饭"的概念了。

我不止一次去食堂,身上只有菜票或是只有饭票,碰不上熟人,结果是没吃上。饭票菜票不归类混作一处曾令我大窘。有一次排队到打菜的窗口前,口袋里掏出一叠,偏是饭票为多,一张张找,积年的老票黏腻不堪,急切间就是找不出凑足菜金的菜票,身后一长队人等得不耐烦,有的就敲饭盆催促,弄得我越发手忙脚乱。

饭菜票亦如钞票,有大额小额之分,如菜票,大至一元,小至一分。售饭菜票设固定的地点,有固定的时间——每月只有几天,故一次总要买上够一个月半个月的量。学生大都囊中羞涩,吃饭是开销大端,丢失饭菜票因此不是小事,失窃之事,亦有耳闻。指着它度日,过段时间会清点一番,若仍有厚厚一叠,便觉心安,好比"家有余粮,心中不慌"。

不拘大票小票,油腻是一样的。专在吃喝的地方流通,打饭打菜时找来找去,沾汤带水的,自比钞票更多几分烟火气。油腻之外,饭菜票上还有更丰富的内容。时不时会遇到上面留了字迹的,或是一句诗,或是骂人话,又或是没头没脑的几个字,甚至还有随手的涂鸦。但是我从另一学校熟人那儿听来的饭菜票上留言的故事,命笔者肯定是有意为之,没准儿还是精心设计:他们系有个漂亮女生,追求者众而无一得逞,失意的人便在饭菜票上题了"我爱×××"之类轻薄的句子。饭票在流通,经了一人又一人之手,不多时传得沸沸扬扬。当然传到了那女生那里,她觉得丢了大丑,找到辅导员哭诉,要求查出肇事者。问了几个嫌疑人,都说没干,事遂不了了之。

这样的把戏后来就没有了,因为没了"物质基础":原先饭票都是纸质的,后来就升级为塑料的薄片,红黄蓝绿的,色彩鲜艳。与之前相比,倒是不那么黏腻了。

宿舍

关于"宿舍",词典上的释义如下:机关、企业、学校等供职工、学员等住宿的房屋。这当然没错,但我脑子里,"宿舍"总是和"集体"关联,宿舍生活也总是意味着集体生活,虽然"集体宿舍"只是宿舍的一型。

最能体现"集体"意味的,军营而外,就要数大学生宿舍了。当年学生是没有租房一说的,到处管控着,要租也没地方租,所以最"集体"的时代,应该是高考恢复之初。我很遗憾当年未能"躬逢其盛"。这里说的"盛",指的是彼时大学生宿舍的拥挤不堪以及由此而来的热闹。不是不愿意住,是我根本没资格住。十年停招,一旦恢复,又有扩招,校舍空前紧张,于是有了"走读生"一说:入学之前就言明,你只能住家里。并不是家在本地,就一概走读,成绩好的也可享住宿待遇。我是踩着分数线进校的,自然只有走读的分儿。

虽不住校,宿舍却是常去。一则在学校没个落脚处,下了课就孤魂野鬼一般,教室、图书馆皆人满为患,要在校园稍事逗留,宿舍几乎是唯一选择。二则小组学习、讨论、开小会之类,常常就在宿舍。

论住宿条件,今日的学生怕是难以想象:二十来平方米一间房,八个人住,四张上下铺分立两侧,沿墙摆放,中间空出的地方如同过道,摆一溜单抽屉小桌,桌肚里搁凳子,用时方拖出来,否则便不能通行。行李箱只能塞于床下,脸盆脚盆见缝插针地放着,床架上系着绳,毛巾晾得到处都是。虽是住着不同的人,每间宿舍的格局和摆放大都如此,东西端的是"满坑满谷"。塞进那么多的人,天冷时又不能开窗,气味自然"佳",我敢肯定,彼时的大学生宿舍一定是"人气"最旺的地方之一。

"人气"属"生活气息",我们的宿舍却还兼着学习场所,想在图书馆、教室占个位,难上加难,故宿舍里从来不乏自修的人。到了小组学习、讨论,则是全伙在此,同房间的人自成一组,还要加上我们这些走读生,原本逼仄的空间越发拥挤。凳子不够,只好坐在床沿,想坐得宽绰点,睡上铺的人干脆就坐到自己的铺位上去,讨论起来,上下隔空对话,煞是有趣。当然,最是"济济一堂"者,还要数聚餐之时,此时不能利用上铺,人皆围在桌边:饮酒吃喝,是要"觥筹交错"的,不能隔空进行,也就不能再盘踞在上了。

以一日而论,宿舍生活的高潮,当在熄灯前的那段时间,中心地带则在水房、厕所。自带独立卫生间的宿舍,那时想也不敢想。想如厕,则必须出了房间到走廊某处的公厕。厕所通常与水房在一处,外为水房,内为厕所。定义水房的是通到头的水槽,外加一排水龙头,洗衣刷碗,洗脸刷牙,全都在此进行。届时水声大作,接水的、倒水的,还有脸盆脚盆磕着水槽,或是互相磕碰,叮叮当当响成一片。到了夏天,还有人光了膀子穿着短裤在那儿冲澡。浮于这片嘈杂之上的,是喧哗的人声。一天的学习接近尾声,大家最是放松,不必担心吵着别人,也不会有人出来指责了。少不了还有人引吭高歌,好似熄灯前奏。

事实上熄了灯也未必就继之以鼾声一片,不少人仍在攻读。熄灯是强制性的,到点就拉闸。但走廊、水房与厕所的灯是一直亮着的,深更半夜总能看到有人站在那里捧着本书在读,也有拉开架势拖张凳子坐着读的。钻进被窝里打着电筒夜读的,恐亦不在少数。熄灯制度遭到反对,倒不尽是为此。反正拉闸的那一刻,男生宿舍楼里呼哨声、叫骂声常常响成一片。嚷嚷一阵,发泄一番,也是苦中作乐吧。

说到其时条件的艰苦,是有局外人为证的。我有个没上大学的朋友,某日到学校来找我玩,顺便参观了一下宿舍。转一圈出来后他问我:“你们住的地方就这样?”照他的想象,贵为天之骄子的大学生,住宿条件总不至于连他们厂里都不如吧?

个中人倒也不觉。虽然环境糟糕,衣着寒碜,但彼时校园里那些苦读的劲头,还有争辩问题时的兴致,倒是一点不“衰”。相反,个中人都有那么点“主人翁”意识,好像个个都正在“希望的田野上”。

打排球

体育似乎是我大学班上的弱项，证据是系里的运动会，我们的成绩很不咋样。班上喜欢运动的人似乎也不多，但确乎有过一阵排球热，多少应该与当时举国上下的排球热有些关系——其时排球在三大球中率先冲出了亚洲。

排球堪称我班的第一运动，从参与人数到持续时间到投入程度，其他没得比。当然，其他的运动也没有排球这样的"能见度"。比如爱打乒乓球的，因不必成群结伙，动静就小得多，也许一直在哪个旮旯里练着，你也不知道。打排球人多势众，且有时还有围观的，地点则在两栋宿舍楼之间的空场，人来人往，场上大呼小叫的，想不引起注意都不行。

据说体育运动最能培养团队意识，这意识我到现在也没有，不过似乎的确是班上的排球热兴起后，我才有了集体归属感。因为走读，在学校根本没个落脚处，跟同学接触极其有限，大体上限于一起上课，上完课各自走散，与住校同学之间的朝夕相处，完全是两码事，跟所谓"点头之交"相去不远。因为打排球，大家接触多起来。这下下了课又有去处了，因球场挨着寝室，进去放个东西喝个水，聊两句什么的，也算"登堂入室"了。

最盛之时，班上卷入打排球的，恐怕超过半数，分布于各寝室。一个寝室七八人，进一寝室，要招呼好几个，一来二去，都熟了。说"卷入"，因为被那一阵"排球热"裹挟的不少，从球场边上经过,停下来来两下,甚而发个球,打个酱油就走人的,都算。我属特别起劲儿的,与常出现在球场上的就更熟。各人的脾性,也知一二了,性子急的、性子慢的,彼此埋怨的、急赤白脸的,偶亦见之。

打排球,场地是一问题,南园能操练的地方总共也没几处,必须早早设法。每每下午的课神不守舍,一下课便急煎煎奔了去,甚至干脆逃一节课去占场子。此外还须看老天爷的脸色:露天的场地,一下雨就完蛋。雨后则要盼着地面快快干了,有时等不及干透,只要不算泥泞,照样开打。这时场地边上某处或许还积着水,最要小心,垫飞或发没了的球滚入其中,拖泥带水的,要擦拭半天才可再用。

但最恐怖也最不堪的事情,是球掉入化粪池中。我们最常操练的一处,旁边有个化粪池,也不知为何,常有全敞着或半敞的时候。若是能提前想着这一出,就该每次开打前先行检查,偏偏大多数时候一到场地就揎拳捋袖急不可待干起来,及至球向那边滚去才忽然想起。于是捡球人疯了一样追过去,务必要将其半途截获,其他人则急得大喊:"快点!快点!"球不幸掉入其中,缩手缩脚花工夫打捞不说,单单擦拭是不够的,要弄到宿舍水池里去冲。冲洗良久,球已透湿发沉,用手臂去垫,生疼。

我说我们"揎拳捋袖",是形容急不可待的情状,"揎拳"当然是虚语,但"捋袖"是纪实。其时衣服总共就没几件,锻炼时根本不可能另搞一套,打球时大多就是平日的行头,届时就把袖子往上一撸,露出半截胳膊。天气较冷的时候,几层衣服更是卷得一道一道的。撸袖子常是劳动的前奏,但常常未加留意,打排球时一溜儿卷了袖子的胳膊直着等在那儿,好似定格了一般。多年后,猛然看到"撸起袖子加油干"的标语,我脑子里出现的就是当年同学们一起打排球的画面。

印象中我们班上的排球热堪称火热,以中文系而论,上面的七七级,下面的七九级、八〇级,都没有我们那么大的动静。然而,端的是瘾大水平低。

是骡子是马,拉出来遛遛就知道。我们出去"遛"过几回,好像都是输。记得跟八〇级赛过一回,是我们向人家搦战,他们平时不怎么打的,只有一位在中学里捎带着练过几下,跳也跳不高,都说不上什么扣球,就是球熟,他们居然仗着他拍拍打打的,就把我们给"灭"了。饶是如此,我们依然热情不减,每打球必是大呼小叫,热闹非常。

打得好的也有,无如我们场下万众一心,到了场上就配合不佳。"瘾大水平低",我堪为典型。高潮过去之后,我是继续操练的几人之一。这时已不是在场上聚众了,往往就是一两人找块小空地垫扣。场上扣球,一直难得要领,一起跳冲上去就触网,同学笑为挂网蜘蛛,偏偏没网的时候,劲儿就使得上,立马变得势大力沉起来,最终换来一次沉痛的教训。

有次在留学生宿舍前的空地上打球,旁边停着辆面包车,我高高跃起,狠狠扣一下子,不知怎么球就奔车后窗玻璃去了。而后玻璃便绽放出放射状的裂纹。惊魂甫定,我开始找车主,却找不到。逃离现场好像又不是事儿，最后是到中文系去"自首"。兹事体大，心情不免沉重。有人告诉我，面包车那样的整块玻璃，得五六十元钱——毕业工作后的工资也不到此数，心情遂越发沉重。

是不是因遭此重创，连累到对排球的热情，我不知道。只记得后来并没有人找到中文系索赔，我的一番忐忑，遂不了了之。我还一直嘀咕，那车的司机（其实只有单位才有车）怎么向上面交代呢？

我在南大的排球生涯，好像也就到此为止了。

婚礼上的黄段子

几十年前的事了，因为"黄"，我还记得。

行将毕业，对于大龄的同学，婚事也在紧着办。同学间不免要鼓噪一番，来个集体操办：不比今日专业化的婚庆一条龙，倒似过去那种革命化的婚礼，因陋就简，就在宿舍里聚餐，闹一通。"操办"云云是虚语，因为实在不能再简，就是在宿舍里将桌子拼起来，围坐吃喝笑闹而已。喜糖是少不了的，还有瓜子、花生，打底子的却是食堂的饭菜。重点不在吃喝，在闹。

七七级有一对同班同学结婚，众人起哄要新郎把新娘扛起来，在走廊里游行。新人倒也大方，男的把女的扛在肩上，叉了腰倚门而立，顾盼自雄，女的则端坐肩上，全无忸怩之态。走廊里人来人往，多有别系别班的人经过，见状不明所以（因当时新人并无今日婚礼上的那些行头,穿戴与常人无异),待知道了,或竟仍不知,也不管认识不认识,便加入起哄,顺道打个呼哨,或是喊一嗓子。

我们这一届在宿舍里办喜事的,是一个黄姓同学。他的当务之急倒不是举行仪式,而是领证。他们一对是表兄妹,青梅竹马,情投意合,不料国家行将颁布法令禁止近亲通婚,于是得赶紧下手,抢在立法之前。

那会儿宿舍已不像刚入校时那么紧张,楼上留出一间宿舍做了图书室,这时便充作洞房:门口贴了副对联,上联为"日攀科学文化高峰",下联为"夜育社会主义新人",横批为"日以继夜"。据说七七级那边也是有对联的,上联为"日攻科学技术堡垒",下联为"夜育共产主义新人",横批为"革命加拼命"。两者大同小异,也不知哪个版本在先,知识产权属谁。攀科学文化高峰是时代主旋律,是口号,放在对联中却不算空洞。但这里当然不是重点所在,重点是夹带"育人"的私货,拖了腔念出来,那点双关便呼之欲出。

一间宿舍就那么大,好像也坐不下那么些人,好些同学如我一般,都是外围——围在宿舍门口。我们班的闹法似乎不像七七级那般有创意,黄姓同学没有受到特别的刁难,左不过是让新娘子点烟,又或悬了个苹果让两人啃罢了。事实上有没有这些我也记不大清,这些都是彼时小年轻结婚闹洞房时的常规项目,我把别处看来的安在这儿了也说不定。

我清楚记得的是众人逼着新人念情书。黄姓同学很镇定,也不甚推辞，当真拿出一封信来念。他平日烟抽得凶，这时也不忘了抽，一手举着烟，一手拿着信，看了一眼便先解释道："上面和下面就不念了，反正她在上面，我在下面。"——这里是说抬头和落款，大概是称谓亲昵，想隐去。众人岂能甘休，一齐嚷："念！一字不落地念！！"

嚷嚷未已，门口一同学又叫道："慢着，说清楚，谁在上面，谁在下面？"说时神情诡黠，声调有异，当然是别有所指。众人会意，一片哄笑。

那时还没有"黄段子"一说，不过不妨将这追认为婚礼上即兴的"黄段子"。

毕业纪念册

所谓"三搬当一烧"，几次搬家，好些旧物扔的扔，丢的丢，没丢的也不知在哪个旮旯里蒙尘。跨入大学校门至今，居然已有四十年，没了"物证"，偶尔回想起来，更有"事如春梦了无痕"之感。事实上当年的许多人与事并未当真忘个干净，有时还浮现得相当真切，有画面，有细节。只是隔了几十年回首遥看，未免亦真亦幻。旧物也还是有遗存的，比如我们班的毕业纪念册。书而外，这可能是本科四年我仅留下的"物质文化遗产"了。

纪念册像个账簿，红绸的封面，烫金的大字，大概当年也就只有这样式。年头久了，烫金处漶漫一片，像是斑斑油迹。里面却是"图文并茂"。"图"是照片,每人一张标准照、一张生活照。在当时,送到照相馆去洗照片太奢侈了,依稀记得几个会冲印、放大照片的同学,那阵子在学校某处借了间暗室,没日没夜地忙这个,从里面出来时面无人色。

"文"则是相互间的留言,这是精华所在,最有看头。纪念册内页为表格式,最大的一栏就专供题写这个。题写临别留言,有不假思索一蹴而就的,也有斟词酌句费了心思的;有泛泛而说的,也有针对你的;有摘录名人名句的,也有自说自话的。内容五花八门,却也可以归类。励志共勉式无疑是大宗:"人的知识愈广,人的本身也愈臻完善。""男儿当雄飞,奋发贵乘时。""噢,人啊,你当自助!""向现实猛进,又向现实追寻。"……又一类是"友情为重"式:"友谊地久天长!""道一声珍重,道一声珍重,那一声珍重里有甜蜜的忧愁——沙扬娜拉。""当使我们共培植的友谊之树开花、结果。""时间不会改变我们。"……

当然,大都是正能量的,但负能量的也不是绝对没有,至少叶姓同学所写就有这嫌疑。他来得个简省,只写"好了"二字,加个句号。读作"好le"也不是不可,表示一事终了,可以是"成了"的意思,毕业是在大学修成正果嘛,但读作"好liǎo"当更得其意,出处应该是《红楼梦》里的《好了歌》,所谓"好便是了,了便是好"。大家就要各奔东西,说这个,是故意捣糨糊,还是要大家来参禅?

另一位的留言也有意思:"独把花锄泪暗洒,情孤洁,谁解林妹妹？ 手执钢鞭将你打,妈妈的,学学阿Q哥。"林妹妹与阿Q作一处,前一段凄凄惨惨戚戚,何其太雅,后面画风突变,"妈妈的"也出来了,混搭在一起,很有几分无厘头的效果。

留言有时虽不免"逢场作戏",却也可以见人,上面留言的两位与大多数人相比不大正经,他们原来也就是好开玩笑、搞恶作剧的人。另有一位黄同学能起哄,却也直来直去、嫉恶如仇,其留言见出的是顶真的这一面:"清清白白在世,痛痛快快做人——不奴颜拍马,诬陷告密(打小报告),等等。"前一句的立身姿态相当斩截,后面追加的一句,对某种行为的愤然溢于言表。

这些都是对众人说的,不及于具体的人。似乎本来就这么算了,但大家终觉意下未足,故又将各人手中的纪念册收上去,轮着到每人手中,要求一对一相互题赠。于是彼此的印象、彼此的期许、相互的评价,变成题中应有了。

按照有些同学的印象,我应该离得道成仙不远了。有个同学写"若得无忧如君快,何惜少活二十年",另一个干脆说"借问路旁名利客,何如此地学长生"。一个不惜减寿,一个说我那样倒是长寿之道,总之说我是个快活人。大概是因为我逃课太多,遇玩耍事起劲儿,如假期一人骑车去广东之类。的确就有好几个同学留言里提到此事,让我暗道一声:惭愧!

至于前程似锦、预期日后不可限量等等,当然属于善颂善祷的范畴,看了不受用也受用。一派祥和之中,程姓同学的留言可谓"变徵之声":"拣尽寒枝,无处栖身。愿你,也愿我自己,能在这混浊的星球上找到一片净土。"这显然是有上下文的,时过境迁，一时竟想不起这悲凉之音从何而来。回头细想，这话原来正扣着当时的"语境"，是有"典故"的。其时毕业分配大局已定，不如意者当然是有的，程同学和我，皆在其中。"拣尽寒枝"出自苏东坡"拣尽寒枝不肯栖，寂寞沙洲冷"一句，我央班上的书法高手写成条幅。好几个同学正在求字，觉得这四字意思蛮好，便也让写这个。程同学当是其中之一，这时便与眼下不妙的语境关联上了，愤懑之情溢于言表，"负能量"得可以。

这是"触景生情"式，另一关系颇密切的哥们儿则不似"率尔言之"，更像通盘给我下考语，口气像是在做鉴定与在向他人做推荐："此君足可委以信赖（作为朋友）与挚爱（作为女朋友）。最大优点：年轻，对于我他将永远保持这个优势。最大缺点：吃亏太少。最可有可无的特点：尚具才华。"比时下好话说尽没人当真、例行公事的推荐信有诚意多了。我的领悟，"吃亏太少"不是损我吃不得亏，意思是未经挫折，少不更事，目下无尘，尚欠磨炼。这一条，不认也得认。最后一句有棒喝之效，换成大白话：有点小聪明，而小聪明不可恃。时至今日，我更不敢自诩有什么才华了。

我不知道自己的留言有没有让别人不爽。虽属小字辈，人微言轻，我却有上面那位老兄一样点醒他人的冲动。记得一位京城来的张姓同学，见多识广，刚入校时，意气风发，有一览众山之概，几年下来，似乎收敛锋芒，遁入学问，对现实什么的趋于回避，且正谈着恋爱，在我看来，似乎是要奔着小日子去了。我便抄了黄仲则一句"结束铅华归少作，屏除丝竹入中年"，自觉大有深意存焉。

又有一位姚姓同学，从部队考过来，比较正统，管班级人事，仍有几分部队作风。我是散漫惯了的，他虽不大管到我头上，我却也要夸张地表示一下不满，留了一句"何不带吴钩"。言下之意，你这一套还是收收叠叠，带回部队去吧。小字辈的话，他们哪会在意？唯我自己，好像是在暗下针砭。有意思的是，姚姓同学和我后来成为同事，再后来成为南京大学文学院的领导。同在系里，来往渐多，居然很是投机。他为官多年，一无官气，且开放得很，我当年对他的不好印象荡然无存。每每喝酒闲话，说起当年事，"相与抚掌大笑"。

真是当年事了。有个同学戏题的是说部起承转合的套语："欲知后事如何，且听下回分解。"做什么解都可以，虽是戏言，说其中透出点对未来的信心满满也不是不可以。到如今不管是不是后事已了，算是分解了还是未分解，大体上已是没什么"下回"了，我们都已将退休或是已退休。这时候看鲍姓同学给我的留言，就觉特别有意思。老家同在泰兴，我们算是老乡，他随手写了句："四十年后，我们一起去故乡度晚年。""四十"这个数字不知从何而来，或者就是屈指算来四十年后应已退休。无论如何，说这话时，他肯定只是那么一说，并未当真想到"晚年"之类。毕竟四十年太遥远了，我们的好戏刚拉开大幕，"未来"对我们可以意味着其他的一切，但绝不会是"晚年"。——谁会当真去想这个？

一不留神，居然是为了入学四十年，要聚了！

时间真是快,四十年,风一般,飕飕地,就过去了。

北平房与尿激酶

一

我不知道北平房还在不在了,或者,后来在北平房原址上翻盖的那排房子还叫不叫"北平房"。

我读书、工作的南京大学,前身是民国时期的中央大学,虽然如此,用的却又是原金陵大学的校舍。直到现在,要遥想当年金陵大学的格局还是容易的,只要盯着那些大屋檐的房子,暂时屏蔽掉其他的就可以了。当然,后来不断有新楼建成,比如二十世纪六十年代的物理楼、教学楼,后者可能因为建成已在"文革"前夕,又称"文革楼",我读本科时还常这么叫。八十年代前期,则又有化学楼、图书馆新馆。这些建筑大都没什么特点,却一概体量很大,且到现在还"巍然屹立",校史上怎样也会记有一笔。北平房则不然,原本就边缘到不能再边缘(既指在校园的位置,也指在我们心里的位置),简陋到不能再简陋,而且很快"销声匿迹",淡出人们的视野了。放在南大的建筑史里,它也许连个插曲也算不上。但我们那几届的学生都对之印象深刻,因为多半在那儿上过课。

绝对的简易房,像工棚。就是高考恢复后急就章地盖起来的,因教室不够用了。没设计可言,一如农村盖房图纸也用不着。墙体用的是煤渣混合而成的水泥砖,一块砖有枕头那么大。芦席的顶棚，也不吊天花板，人字的梁架结构一览无余。还有另外加固的支撑，是碗口粗的毛竹，外面有，里面也斜杵着，往教室后排走，不小心就被绊着。地面原本不平，乃是红砖铺就。但我印象最深的还是房子里固定的桌凳，确切地说，是水泥砖和水泥砌成的长条的台面，高的是桌，低的是凳，各罩一层黄灿灿的漆（"桌"的下面是封死的，腿不能前伸，坐姿不规矩也得规矩，一节课下来，两腿僵直难受）。时间久了，台面上有些接缝处开裂，"长桌"被分割成一截一截的，"凳子"与地面黏合松动，有些坐上去晃悠，或者干脆就倒了。

既是简易，坐在北平房就比别处更能体味季节转换、天气变化。刮风下雨，声声入耳更是不用说的。刮大风时风声似就在耳边呼啸，下大雨则屋顶上热闹非凡，与窗外雨声一道构成背景声，响成一片。尚无扩音装备的授课老师不得不提高音量，勉力让自家的声音破空而出。漏雨之事也是难免的，听课的人自会避让，于是人头攒动的教室留下几处空白。

照说那样的地方，夏天热起来也够受的，但我印象里则好像全是冬天的情形。北平房都是大教室，隆冬时节，一百来号人在里面积攒的"人气"愣是一点用没有——我说的是似乎不增加半点暖意。嘴里哈出的气倒是有形有状，只是这视觉效果更让人觉得冷。南京人冬天没取暖的习惯，我这样的"土著"是冻惯了的，奈何北平房比我中小学的教室在密封方面更等而下之，且绝的是，坐、伏皆在水泥之上，平日只觉其硬，冬天则怎一个冷字了得。不待久坐，已觉屁股下面寒气冉冉上升,渐渐就周身寒彻,如置身冰窖。不少人裹着棉大衣去上课,仔细点的会随身带一棉垫。我虑不及此,实在受不了了,就把书包垫下面。

其实任你怎样,那份寒冷也挥之不去,脑子里的画风就总是这样:仿佛总有风,窗玻璃在震颤,好像窗户也冻得发抖,我们则在里面瑟缩成一团。

想起这些,也不能说是"无端",前些天气温骤降,从十七八度一下变到十度上下,上课时教室里却热得穿不住外套,原来是开了暖气,比家里开空调还更暖。而后在北平房内上课的情形忽的不招自来,不免"感慨系之"。奇的是,条件如此之差,冻成狗的我们一边咒骂一边似乎挺乐观。有一次天气奇冷,有人在地上跺起脚来,加入者渐众,声音渐大,老师停了讲课,并无愠色,道:"是冷啊?"全体哄笑,干脆放肆地使劲儿跺脚,一阵跺罢,继续上课。

一则那时的人"都是苦孩子出身",二则虽情况糟糕如此,我们以为将来都是有奔头的吧。

二

人的记忆有时候是"羚羊挂角,无迹可求"的,真正是"自由联想"。比如,我就不知道某日脑子里怎么忽然蹦出个"尿激酶"来,也不知它怎么和北平房发生了关联。

按"迹"索"踪",还原联想的轨迹,应该是有一天从当年北平房那个位置走过。那里仍立着一排平房,只是原先由水泥砖、大毛竹搭起的教室早拆了，这是后来盖的。建筑仍是简陋，整日门窗紧闭，无人进出，上着锁，除了当库房，就想不出能派什么用场。学校的企业，我只是好多年前知道有一个生化厂，以生产尿激酶闻名。没准儿脑中就此闪过"会不会是堆放尿激酶的？"一念，二者就连上了线。其实北平房是北平房，尿激酶是尿激酶，八竿子打不到一块儿。

也就是若有若无一闪念，我当然不会去打听那"库房"的究竟，就像当年从未想到要弄明白耳熟能详的"尿激酶"究为何物。直到几十年后，我偶遇一读研时的化学系同学，聊起往事，不知怎么说到厕所里的尿桶，忽然心血来潮，问他尿激酶是干吗用的，这才略知一二：原来这新鲜尿液中的提取物在治疗心血管病上大有用处。虽是不明所以，但像我这样的中文系学生居然记得其名，也就见出当年在南大，人不分男女，科不分文理，尿激酶几乎是人所共知。

二十世纪八十年代中后期吧，南大生化厂颇有名声，而拳头产品，非尿激酶莫属。据说这并不是什么了不得的技术，因此未必值得在校史上大书特书，但在一段时间里校园的"街谈巷议"当中，它差不多是理所当然的关键词。原因是它保证了南大在"创收"上有了一条道，占先机说不上，至少是不落人后。生化厂当然属于校办企业，算不得"新生事物"，上中学时，我那所中学就有校办工厂——似乎有点规模的学校都有。那是"教育革命"的成果，是知识与劳动生产的一种结合。我们都还到校办工厂学习过，那不是企业，而是课堂，虽说天晓得学到了什么真知。生化厂这样的则是"另辟蹊径"，以"创收"为目标。彼时高校的校办企业真的如雨后春笋，未必此前就没有，但从未如此引人瞩目。各高校在这上面也隐然有一种攀比，校办企业办得好意味着更多的办学经费或教职工更好的福利，我们仿佛也与有荣焉。

南大的人有这感觉无疑比别校的人有更充分的理由：别校的人唯有借光似的"虚"荣，我们则是实实在在为尿激酶做了贡献的。证据是男厕所小便池竖着的一溜两尺多高的大大的塑料桶。这是搜集新鲜尿液用的——哪儿都有，不难找到，如此这般，属就地取材，"快"何如之？有次如厕之际，旁边的人开玩笑说："新鲜度绝对有保证啊，哈哈！""到哪能找如我们这般人多势众的地方？"此外，考虑到性别差异，有人还脑洞大开，推断女厕当无塑料桶之设，若是，则南大的创收项目"半边天"未参与，发福利该打折扣吧。

男厕可重加摆设，也是那时的小便池取长槽式的缘故，若像现在许多男厕一般，分而治之，一人一池，则搜集尿液的塑料桶便难以安放了。那桶径可半米，槽里差不多正好放下，我们如对着超大的痰盂撒尿，也没什么异样感，只是尿入桶中，如有回声似的，与面壁而尿相比，动静有点大。外面的人来了，则不免大惊小怪。有次一个朋友来南大蹭课，课间如厕，大觉新鲜，问明缘故，马上理会，而后就说起他们学校的创收项目。

我相信南大的创收项目更容易进入记忆，也是因为尿激酶原料的搜集更有画面感的缘故：不独有男厕里的尿桶，还有运送的三轮车——常在校园里"招摇过市"。那日我和那位外校朋友下了课往南园走,恰有两辆运送车从旁边经过,满载尿桶,颤巍巍的,尿液在桶中晃荡,虽然盖着盖,蹬车人还是在不断发出警示:"让一让!让一让!尿来了,尿来了!"看车在下课的人流中穿行,朋友突然打哈哈道:呵呵,"风景这边独好"啊。

新疆是个好地方

从酒后约定到忽然成行

一九八五年去新疆,在我完全是一次意外。就是说,事先我根本没有这样的打算。

也不能叫"一时兴起"。以当时的情况,要起这样的"兴",得有不凡的想象力及很大的决心:新疆在意识中太遥远了,填平这距离需要不菲的钱、大把的时间,还有充分的准备。总之,去新疆该是一桩很隆重的事,哪能说去就去?

上大学之后,几乎每个假期都在酝酿出行,有过无数的计划、缤纷的幻想,却从来没有纳入过新疆。两年前游黄山,遇到一对乌鲁木齐年轻夫妇,到内地蜜月旅行的。我和另几个不知怎么认识的大学生与他们搭话,一路下山,就算熟了。

其他几人和我一样,都觉新疆远在天边,很有几分神秘,不免逮着二人问这问那。他们嘴里的新疆万般皆好,对比起来,倒是内地让他们很不习惯。比如在上海,他们住亲戚家里,住房那么逼仄，简直就是鸽子笼，吃的也只有一点点。说到房子，他们尤其兴奋：他们刚分了一套结婚房，两大间。

一行中数我最好奇，跟他们聊得最多。分手前我们在山脚下温泉那儿的一小饭馆里喝酒，二人让去新疆就找他们，吃住什么的不用操心，他们包了。我喝下一杯酒，赌咒发誓说三年之内必游新疆——语气慷慨激昂得像是承诺一桩大事。

当然，这是酒后之言，属心血来潮。过后我就抛诸脑后了，并未为此做任何的准备与努力，因为看来太不现实。其一是没钱。去新疆，一张硬卧票得二百来元，硬座票也得六七十，当时大学毕业生的月工资好像也就这数。我正在读硕士研究生，算是工作过的人，每月有五十几元的助学金，虽然平日已算得小康，但要去新疆，哪里能够？其二是时间。时当研二的下学期，再过一年就得论文答辩，我的硕士论文八字还没一撇。彼时研究生尚属稀罕物，硕士生的数量比今天的博士生还少得多，那纸文凭自然不那么好拿，依往届先例，论文须有"专著的规模"。抓耳挠腮、苦思冥想、隐隐焦虑皆在所难免。似此当口，何谈远游？

最糟糕的是，那一年我正经历平生最严重的失眠。到底是由于对论文的焦虑，还是其他的原因，说不清。反正我辗转反侧，夜不能寐，到最后所有的焦虑一概转为对失眠的焦虑。白天也不能干事，不能思考，脑子好像被什么东西楔住了，不能转动，经常一片空白。

这简直令人恐惧，我也真的就堕入恐惧之中，惶惶不可终日，数月一字未写，书也看得很少。这"很少"之中有一部是法国人阿兰的随笔集《论幸福》。莫洛亚的这位老师很有意思,他将人的精神问题尽归之于身体,倘心情、心理有什么不对,不必瞎琢磨,定是身体哪个部位有了毛病。于是我开始排查我的身体,且肝脏那个部位确乎隐隐地感到疼了。但是医学的结论没有证实种种的自疑,这反让我更加惶恐,注意力一点儿不能从这事上移开,我觉得自己简直就是废人一个了。

学校团委要组团去新疆考察的消息,就是这时候知道的。想也没想,我就报了名,也不问为何组团去新疆。直到到了那边之后,我才知道至少在新疆方面,是有招兵买马的意思,希望此行能展示新疆这片可以大展身手的用武之地,留住内地名牌大学的学生。

去的人当中有几人当真有此打算我不知道,我只知道我沉浸在自己似乎无解的"病情"中不能自拔,满心指望此行能让我"万虑全消"。解决危机的办法,似乎是把自己扔进一桩能够全情投入(能疯狂更好)的事件里,"饿其体肤,空乏其身"。而在可能的范围里,似乎没有什么比旅行更激动人心的了。所以去新疆于我未始不是某种自我救赎。虽然以后来的情形判断,我的"病情"远没有想象的那么严重:扎在人堆里,六天六夜的火车坐下来,我似乎已不再纠结失眠之类的问题。

在乌鲁木齐寻找新疆

当时南京没有直达乌鲁木齐的火车,都是从上海始发后空挂几节车厢过来。五天六夜？六天五夜？六天六夜？事隔多年，对于旅程时长，一起去过的人说法也不一了。但是也实在不必细究：在已然高铁的时代，五六天就这么在火车上坐着，听起来怎么着都像是天方夜谭。车上种种，不必细述，那是属于蒸汽机年代"行路难"的故事，种种的琐碎繁难、趣剧，实可细加铺陈，另作别论。

且说在乌鲁木齐下了火车，就应该算是和新疆正式照面了，感觉中却似乎还不是。其实火车早已进入新疆，乌鲁木齐在新疆腹地，从哈密开过来，差不多就要一天一夜。构成一地特征的，当然可以是地貌，但于我而言，这不是主要的，何况要说地貌，从甘肃那边起，戈壁滩早已一望无际地展开了，并没有一条截然的界线提示你：新疆，从这里开始。

到住地一住下，未及打开行李，考察团的人就三五成群急煎煎地出门，好像几天几夜的火车坐下来，好奇心没有半点损耗，仍是压不住地往外冒。你可以说，那就是年轻。出门的人没有明确的目的地，四处瞎逛，不过也不妨说都是奔新疆去的——在乌鲁木齐的街头巷尾寻找新疆。

身在其中，说是"寻找"，似乎有点不通，实情却就是那样。旅游，特别是这样来到一个陌生神秘的地方，一切往往都是从按图索骥的寻找开始，或者说，是从核对开始——让眼前所见与我们脑子里的新疆对号入座。曾经的道听途说，就是我们的底本。这个底本里有维吾尔族人的小花帽、维吾尔族姑娘满头的发辫、天山的美景、堆积如山的哈密瓜、冬不拉弹出的旋律，以及眼睛忽闪、头不动、脖子扭动的舞蹈动作……

晚上,各路人马回来的时候,新疆似乎已经裹挟在各种兴奋的叙述中被捎到住宿的地方。除了维吾尔族姑娘的小辫,其他种种都已被"发现"。只是你又能从中听出意犹未尽:所见所闻似乎仍然不够新疆。乌鲁木齐正在迎来新疆维吾尔自治区成立三十周年大庆,突显民族风格的十大建筑已完工,但是撇开这些,这个城市似乎与多数中国北方城市并无太大的差别;戴花帽、扎头巾的维吾尔族妇女随处可见,但她们的服饰大体已经汉化……当然,隐隐的未满足感不会在我们急欲向外面传递的信息中出现。一阵兴奋的交流之后,住处安静下来,多数人开始埋头写信或记日记,我相信里面全是新疆——异域情调的新疆,对不上号之处则忽略不计了。我是从众人奋笔疾书的神情,还有几人大声读出的得意句子里揣摸出这一点的。

加入考察团的大多是本科生,我和少数几个研究生虽只年长几岁,却也算是老家伙。从读本科到读研,我大多是住在家里,这时忽地感到了一种久违的群居氛围,然而看着高兴且决心将这高兴维持长久的少男少女们,又觉与之已隔了一层,他们急切地往信封里装填的大红大绿的句子,似乎已不属于我了。

我记得曾到走廊尽头的水房里洗衣服。不大会洗,将衬衫平铺在地上涂肥皂,许是涂得太多,后来怎么也冲不干净。从水房敞开的窗户里,烤羊肉串的味道隐隐地飘进来。众人在街头寻寻觅觅之际，我也在外面，所得也就是羊肉串了。其时烤羊肉串已进入内地的许多城市，倘说影视图像里的新疆是浪漫派，烤羊肉串就要算得写实派，称得上内地与新疆具体而微的接触。

乌鲁木齐街头的羊肉串与南京街头所见大不相同，相比起来南京的只能算迷你版。南京的是一两角钱一串，小块的山羊肉串在粗铁丝上；乌鲁木齐的使一种有柄的特制签子，绵羊肉一块有红烧肉那么大，肉块中又必有一块是肥的，烤到化为油脂，淋漓而下。绵羊肉较山羊肉鲜嫩多汁，油脂则特别来得香。立在街边吃乌鲁木齐的羊肉串，仿佛也是对脑中新疆的一种订正。围着小摊在吃的有不少维吾尔族小伙子，相互间大声说着维吾尔语，间以打闹哄笑。我隐隐约约地觉得，自己是真的到了新疆了。

接下来是一连串官方安排的活动，我们坐在汽车上被拉到这儿拉到那儿，听一场又一场的报告。接待单位一会儿是某个油田指挥部，一会儿是某个院所，一会儿又是自治区政府的某个部门，介绍内容似乎又是一样，突出的不外是这里可以提供的种种机会，以及花团锦簇的发展前景。地处西北的新疆、西宁、兰州被称为"新西兰"，很难留住人，出去的多，进来的少，名牌大学的学生更是稀缺。各单位招兵买马的愿望也就特别强烈，好像什么样的人才他们都想引进。我们在不同的场合遇到过一拨又一拨的大学考察团，也有个人前来的，比如北京某电台的一个女生以及山东艺术学院的一对恋人。后者在北疆跟我们走了一路,不知他们是怎么联系的,反正这边的单位都接待。热闹的场面,让我不由遐想当年支援三线建设的情形。

报告之外,还有个别的洽谈。我们那个团里似乎甚少有人走到这一步,只有一个姓万的本科生好像是有点意思想进新疆地理所,跟用人单位谈过,回来说对方主动许了很多内地单位都不会有的优厚条件。

但是绝大多数人不为所动。这里说的不为所动是指没有来新疆工作的意思,另一方面则可以说是"大为所动",因为每一天这里去那里去的,大家都很兴奋。那年头大学生是宠儿,在学校里虽是个普通学生,在这里则如城里人到了乡下亲戚家,被待为上宾,有点像个人物,与人交谈,不由得便有几分拿腔拿调。待回到住地,大家七嘴八舌抢着说各自得到的消息,才又有了学生宿舍的那种氛围。汇拢而来的信息令人遐想,也真有不少人畅想当真来到新疆,几年后会怎样怎样。但没人真的想留在这里,不管是因为自己,还是父母,或是别的什么原因。然而对于一种可能性的遐想也会让人兴奋不已的。

新疆少雨,气候干燥,乌鲁木齐所处的北疆虽较南疆湿润得多,但对南方人而言,也还是干。来的人早就感觉到了,并且身体立马有了反应。很多人第二天就嘴唇干裂,唇上起皮的人也不在少数,舔嘴唇成了下意识的动作。看一伙人"唇焦舌敝"在那儿抢话说,尤能感觉到一种亢奋状态。

胡天八月即飞雪

作为接待的一部分,各个单位都安排了节目:吃,看演出,参观,联欢。从乌鲁木齐去库尔勒是哪个单位安排的,不记得了。铁路通到乌鲁木齐,在当时就算到头了,再往新疆各地,除了从甘肃过来的那一线,大多都是乘汽车。唯独到库尔勒是有火车的,我们便乘火车往返——路程不算远,车厢里人不多,很是宽松,要算那个年头乘火车难得的际遇。但是在库尔勒的活动却没什么印象,重头戏似乎是一场报告,提及沙漠深处的核试验等种种不为人知的花絮。

印象深的倒是些没要紧的,比如库尔勒香梨。一家单位接待我们时端上来许多让品尝,介绍那梨的妙处,说熟透了的时候,不小心掉地下,就是一包水。一品果然质地细腻、水分充足,且有别种梨子没有的一种香甜。好多年后,库尔勒香梨在大城市里已不难一见,或许因都是半熟就运出来的缘故,再也吃不出那样美妙的滋味。

虽然如此,新疆瓜果的代表怎么着也轮不到库尔勒香梨。团里颇有些人早憋着劲儿要将新疆瓜果吃个够,到的第一天就上街去寻,后来发现完全没必要,因每天的活动里都有一大堆在等着,吃到肚子发胀。倘若事无巨细地跟踪记录,我想我们的行程中会有无数集体大啖瓜果的场面。其中消费的大宗应该是哈密瓜、西瓜和葡萄。

在外地人心目中,哈密瓜也许就是新疆的象征,到了新疆才知道，对当地人而言，"哈密瓜"三字整个不知所云，就像福建人不知所谓"福建面"是何指。"哈密"不过是新疆一地名，"哈密瓜"项下则汇集了数不清的瓜果品种。外地人根本记不住那些名目，笼而统之，也就令当地人不明所以了。以新疆当地的味道、口感为标准，我在南京所食哈密瓜简直就是赝品。"瓜熟蒂落"的熟与摆放到熟的熟实在有天壤之别：与别处哈密瓜的生脆不同，这里的常常非常绵软，而不论脆或软，吃到嘴里有似蜜糖，甜得叫人承受不起，好像不是在吃水果。据说哈密瓜性热，吃多了"上火"，这一套我原是不信的，却眼见有些同来的人嘴角上起了溃疡。自己没那么贪吃，嘴角好像也有那发展趋势。

所以后来我就转而专攻西瓜。《达坂城的姑娘》里唱"西瓜呀大又甜"，其实新疆的西瓜，以体积论未见特别大，然而因日照充足，确实特别甜。像别的水果一样，西瓜长在新疆就特别有一种汁液饱胀欲出的感觉。刀方一插入，不待切的动作，西瓜已应声而裂，吃西瓜讲究的脆、沙、甜，无一不备。可惜新疆盛产瓜果之地，交通极其不便，其时这里的加工业又几近于无，据说建设兵团堆积如山的瓜果，有相当部分就眼睁睁看着烂掉了。我们的肚量有限，每日只觉一肚子的果汁在体内晃荡。

只有一次活动少了吃瓜果的项目，那是新疆地理所招待去参观一号冰川：冰天雪地，坐的地方也没有，吃的种种自然是免谈。

想不到距乌鲁木齐也就百十公里，居然有那样一个所在。我们到了真正的冰山之上，满目皆冰，触处皆冰，但我们去的那一片让人踩踏得多了，有几分脏。参观冰川的"戏眼"则是进地理所的一个观察点：一个据说深两百多米的冰洞子，只有一人高。参观的人鱼贯而入，很像当年"备战备荒"时钻防空洞，只是冰洞像鲁迅《死火》里描述的，"上下四旁无不冰冷，青白"，似一幽深的冷库，到深处亦有幽暗的光亮。

从洞里出来，忽觉原先铅灰色的天空白亮起来，星星点点的白色，是雪在飘。这才想起先前有人告诉的，乌鲁木齐下雨时，冰川这里必在下雪。起程时，乌鲁木齐正是天阴欲雨的样子，但无人在意，没想到唐人边塞诗里"胡天八月即飞雪"竟是地道的写实：回到乌鲁木齐市区，果然细雨霏霏。说"换了人间"有点夸张，从在山上穿着滑雪衫犹觉寒气袭人到换上夏天的装束，在汽车上一路过来，却仍有一种突兀感，像文章的缺少过渡，摆在眼前了，就让你没法不接受"突转"的成立。

麦地娜

去冰川是"拼团"，我们之外，还有一群乌鲁木齐实验中学的学生。座位坐不下，他们大都站着。去时团里的人自顾自笑闹不已，并未留意到他们的存在。往回走大家都开始犯困，东倒西歪在座位上打盹。我是觉特少的，犹自有一种疲惫的亢奋。待冰川在车窗外消失，车内的人声忽地大起来。几个维吾尔族中学生在哄闹，为首的是个女孩，高个，长眉浓黑，目如点漆，鼻梁挺直，耳朵上的两粒耳坠随她笑得浑身颤抖一闪一闪的。特征很明显,是维吾尔族姑娘的长相,但若一眼望去,疑为汉族女孩却也说不定,因她的装束完全汉化,短袖衬衫,直筒裤,正是当时大城市女孩最流行的样式,还留着齐耳的短发。

但那耳坠是内地中学女生不会有的,彼时不要说中学生,就是大学的女生,平日也是素面朝天,绝无饰物。另一方面,内地女中学生大多在生人面前也甚拘谨,女生之间固然可以打打闹闹,面对外人就往往显得怯场。那女孩却放肆,兀自大说大笑的,露出整齐白亮的牙齿。站她旁边的两男孩倒一看便知是维吾尔族。维吾尔族男子小时都特漂亮,很长的睫毛,像是假的,眼睛则乌亮乌亮的。这两个都还是少年,头发卷曲,有一个居然蓄着小胡子,却还是青涩的模样,神情远没有那女孩大方。

他们用维吾尔语不知在说些什么,女孩复又笑不可抑,两男孩也笑,却要节制得多。我们当中的万灵也没座,就在车门处的蹬梯那儿坐着打瞌睡,被笑声惊醒,没倚没靠地一直窝着也难受,干脆就站起身来,问他们笑什么,可否翻译给他听。两男孩互相看看,笑着不吱声。女孩抢着就用汉语说起来,指着小胡子说,一看他就想笑,话未已又捂着肚子笑个不停。再看小胡子,表情越发的窘迫,同时就被女孩笑得脸红起来。到最后,我们也不知他们为何而笑。但女孩无遮无拦的笑很有感染力,万灵就和他们聊起来,我偶尔插上一句,大体算是旁听。女孩告诉我们,两男孩一叫普拉提,一叫布尔库特,翻成汉语就是"钢铁""雄鹰"的意思。至于她嘛,她叫"麦地娜"。"麦加知道不? 就是在中东的那个,伊斯兰教的圣地。'麦地娜'就是那意思。"

两男孩没有那么强的说的冲动,而且听得出来,他们的汉语远不如麦地娜流利,所以后来谈话差不多由麦地娜包办了。麦加我是知道的,当然也知道维吾尔族人信奉伊斯兰教,但眼前的这位小姑娘很难让我产生任何宗教方面的联想。到那时为止,不拘何种宗教,在我心目中都还是与"压抑""沉重"等词相关联的,麦地娜浑身散发着的活泼泼的生气则让她与这些字眼了不相干。她问了好多内地的情况,也说她自己。

她父母是干部,老家在喀什,她长这么大也只去年夏天回去过一次。后来我去过喀什,知道那里与乌鲁木齐不同:那里维吾尔族人的服装虽然也在"与时俱进",与汉族人之别还是一望而知,女性尤其明显。比如不管下面穿着直筒裤、喇叭裤还是普通的长裤,外面一定有连衣裙罩着,反过来说,裙子里面一定有长裤。女性头上即使在夏天也扎着头巾,头发的长短、形式不一,但剪到齐耳之短的,不敢说绝无,恐怕也是少有。麦地娜出现在喀什街头,想必很是"另类"。

到下车时,麦地娜与我们已经像是熟人一般了,她甚至开万灵的玩笑,问他怎么这么瘦。万灵的确瘦,皮包骨的样子,汗衫背心穿在身上仿佛可以像旗子一样招展起来,但我还是不明白这有多么可笑。麦地娜只问了一句,已自笑得不可收拾了。下车时她向万灵讨了我们的住址,说要来找我们玩,还一笔一画写下她的联系方式,叮嘱一定要将在车上给他们拍的照片寄给她。

离开乌鲁木齐市的前一天晚上,麦地娜果然和她一个同学找上门来。万灵不知因何事外出,恰巧不在。我让她们坐下,向她介绍来来去去的人——我们住的是个很大的房间,十来个人住一起。她的同伴不大吭声,或者是情境不同的缘故,麦地娜也有点拘谨,说了会儿话即东张西望,问我:"万灵那娃娃不在呀?"屋里的人听她管万灵叫"娃娃",都笑起来。她那日在车上大说大笑的,这会儿经不起这一笑,白净的脸立时就红成一片。我从书上知道西北人多有称人"娃"的,在这几日也不时从当地人口中听到"娃娃""娃娃"的,却一直不明白它的使用范围。不管怎么说,麦地娜称万灵"娃娃"总有几分滑稽吧。

一场联欢与一顿酒

一行人当中不少人都不知具体的行程安排,我也不知北疆之行是早在计划之中,还是到乌鲁木齐市后接待方即兴的决定,反正一听说后面还要去伊犁,大家一概欢欣鼓舞。

说来惭愧,在我的意识里,天山与新疆是一体的,但来之前我一直不知有南疆、北疆之说,也不知就是天山山脉将新疆分成了南疆与北疆。南疆、北疆从自然景观到风土人情差异之大,当然也没有一点概念。大漠风沙、胡杨落日、碧草绿树、雪山牧场……这些有关新疆的画面在脑子里混作一处,不知如何拼贴,仿佛原本就是浑然一体的。

到赛里木湖之前,除了一号冰川的莹白,我对新疆的色彩没什么概念,这多半是因为年轻人的集体生活有一种特别的热闹,热闹到以自我为中心,很能产生一种与外界的隔离效果。我起初是以旁观者自居的,到后来也裹挟在一团热闹中,甚至有点疯。往北一路行去,我们在车上大声喧哗,自顾自地抢着成为小团体的中心,没几个人留心窗外。偶尔某人发现了什么奇异的东西一声惊呼,车上的人一起转过头去围观。

故经石河子、奎屯一路北上,路途中几乎没留下什么印象,能想起的都是与去的人有关的,比如联欢。联欢也是一路行来必不可少的节目:新疆人待客,到最后往往是主客一起大跳维吾尔族舞蹈。起先是主人表演,而后就拉客人下场,客人或者只是不知如何推却而虚应故事,主人原也不过是完成接待任务,但舞蹈似乎是注入维吾尔族人血液里的,他们舞着舞着就渐渐忘情,浑然在舞蹈之中。

在石河子的那一次不同,不知是应对方的要求,还是我们自觉也该展示点才艺,总之是让几个在校队练过健美操的女生上场,跳迪斯科。迪斯科彼时在很多人眼中整个就是"群魔乱舞",同时又意味着新潮,没准儿还表征着"现代性"。跳这个,多少有点给"边陲之地"带来点"现代"的意思。没想到立马就给维吾尔族人的舞给比下去了:他们似乎是天生的舞者,旋律一响起来,举手投足都是"舞",比起来我们的跳舞像是一堆连接起来的动作。关键是,我们那几个女生怎么跳也HIGH不起来,维吾尔族姑娘一上场就跳HIGH了。原本后来还有一段什么舞的,几个女生自惭形秽,硬着头皮上,草草比画几下就羞红着脸下场了。

那天是在室内联欢,我总觉在户外,维吾尔族人的舞跳得会更HIGH。他们的舞蹈是合于"手之舞之,足之蹈之"本义的那种,原不是表演性的。那天的舞者并不是演员,然舞姿的优美尚在其次,能舞得"得意忘形"才是关键。

专业的舞蹈演员我在乌鲁木齐的联欢会上见过,在奎屯又见了一拨——这一回见到的不是台上台下的舞姿,是生活中的真人。维吾尔族姑娘的美一下把我们给镇住了,包括女生。她们是克拉玛依文工团的,往乌鲁木齐参加汇演,在奎屯住一晚,和我们是同一个招待所。

登记时我们的那位领队一眼看到她们,眼睛立马就直了。原在大声说笑的我们这一拨忽地安静下来,女生盯着看,不时窃窃私语,男生都不吱声了。我觉着太不自然了,找了句话说也没人应,仿佛美貌真是能令人屏息的。那几个维吾尔族女孩的确漂亮,一概是高个子,身材纤细挺拔,有着颀长的颈项、精致的五官,一条粗大的辫子垂在身后,穿着连衣裙,有一种汉人所无的"洋气"。

身姿挺立,一看便知是练舞蹈的。她们显然知道有人在盯着看,尽量显得若无其事,彼此也不大说话,因表情有点僵硬反有几分高傲的意味。待安顿下来后,我们当中一个很活络的北京人表情夸张地蹿到我那个房间,说他在走廊里和她们搭上话了。名为搭话，重心其实在近距离地看。女生看到、议论的不过是个子真高、腰真细，他所渲染的则是她们的睫毛，还有脸上细细的绒毛——更让脸粉嫩粉嫩。"整个像是假的"，他总结道。

但这充其量只是惊鸿一瞥吧？我想至少有好几个男生在奎屯的深度体验应该是在酒上。那晚上联欢结束之后，也不知怎么的，我们就来到一个维吾尔族小伙子家里。在新疆那段时间，当地人常邀我们到家里做客，邀请者往往是我们当中的某个人新近认识的。所谓认识也就是说了一阵子话，而后一大帮子人就都被邀去了，临走了也不知主人的名字。

邀我们去家里的肯定也分不清我们，分手时互留地址乃是虚应故事，事过即忘。就是一种本能的好客吧？那小伙子叫什么没几天就忘了，只记得浓眉下一双乌亮的眼睛，还有唇上留着的浓密的小胡子。他在克拉玛依工作，家在奎屯，这次放假回来看父母。奎屯算是北疆公路的枢纽，从乌鲁木齐过来，再往北是伊犁，又向西南的一条路则通向克拉玛依沙漠腹地。我们都是从歌里知道这地方的，只有一个热火朝天的印象，曾经很是神往，这次行程太紧去不了，大家很觉遗憾，特别是见到那几个文工团的维吾尔族姑娘之后。

小伙子却笑说："哪儿啊？里面闷死了。"他把克拉玛依叫"里面"，用的词是"进去""出来"，好像那里是与世隔绝的地方。"克拉玛依的姑娘漂亮吧？"我们当中有一位问道，不知是开玩笑，还是先前见到的美女还在眼前晃。小伙子夸张地说："什么漂亮姑娘？那里尽是男人，女人根本就没几个。你们去过过那日子——闷死了。"

尽管不满克拉玛依生活的单调,说起那儿的人来他的语调里却又充满豪气。说到克拉玛依人爽快的性格,于是就说到酒上。"听说内地人都是用这么小的酒杯?"他用手指比画出一个很迷你的酒杯,脸上满是鄙夷。"我们都是用碗用茶缸的!"他说。

说话间小伙子就要给我们现场演示,拎出一个大大的塑料桶,还有一摞粗瓷碗,瓷碗的大小和那时南京人多半用来盛菜的"三洪"差不多,浅而口阔。他给自己倒了一满碗,给我们则体贴地只倒了小半碗。小半碗也有二两吧?他一仰脖子,咕嘟咕嘟,端的是一气呵成。我们为了挣面子,也顾不得许多,红头涨脸地灌下去。

这真是地道的"大碗喝酒",裸喝,连"大块吃肉"的陪衬也没有。同伴中立马有几个喝呛了,咳得青筋暴突,涕泗交零。我算是能喝一点的,然如此"暴力"的喝法,一气倒下去,就觉五脏六腑都燃烧起来,若非强自镇静,怕也不好看相。那小伙子且不来安抚众人,满脸是一切尽在掌握的得意,兀自拎了把吉他出到院子里弹唱起来。

在屋里闷得慌,过一阵我也到了外面,只觉天旋地转,恍惚中就见几个同伴姿态各异地狼狈着——咳的、喘的、捶背的、揉肚子的,地下吐的已是不止一摊。几个女生在一边徒劳无益地发问:"没事吧?""好一点了吗?""风吹白杨哗哗地响……"小伙子越唱越起劲。只是也怪,他唱时很顺溜,待闻声而来的熟人与他搭话时,他的舌头有点大。

那晚上我们深一脚浅一脚回到招待所,沿路有醉酒后的高声喧哗,还有有一句没一句的歌唱。我不时仰望星空,动作幅度稍大,星星就彗星似的摇曳出一条尾巴来。

赛里木湖与手抓肉

第二天一早坐在开往赛里木湖的大巴上,我已是酒意全消,所有的一切都恢复了清晰的轮廓。当然,在新疆灼目的阳光下,在赛里木湖湿润透明的空气里,景物原本就有一种仿佛是加精了的清晰。多年后我去了喀纳斯湖,那里比赛里木湖更幽深神秘、妖娆妩媚,但我始终认定赛里木湖更"新疆"、更壮美。

作为面积几百平方公里的高山大湖,赛里木湖如海一般的开阔和一望无际自不待言,但其壮美更是因为有周边景物的映衬。湖边平缓地带是大片丰美的草原,其上是星星点点的蒙古包、成群的牛羊,牧人骑着马疾驰而过。草原铺展到山脚下,往上便是大片笔直挺立的云杉,深浅不同的颜色将云杉林清楚地勾勒出来,我总觉像新剃过的头、齐楚的发际。云杉林再往上便是雪山了,赛里木湖地处盆地,环湖皆山,山顶积雪终年不化。放眼望去,自上而下,从山头积雪的莹白到云杉林的深绿、草原的浅绿,再到一湖的深蓝,分层设色,界线分明。在高原烂漫的阳光下,各种颜色莫不饱满、绚丽。晴空下那湖水是澄澈的湛蓝,清晨时远远望去则仿佛凝滞的深蓝,浓稠到化不开。

江南的景色似国画，似水粉，不仅限于小桥流水，即便太湖的浩瀚，似乎也还是轻描淡写。秋冬时分的好景致，多似宋元山水画，有一种萧条的美。冬去春来，由萧索入于绚烂，姹紫嫣红起来，也还是如同淡妆，没有那份浓艳。新疆则浓墨重彩，如赛里木湖，整个如同油画——油画的色彩，油画的笔触。

内地的人哪见过这样的景色？我们一帮人下了车不免大呼小叫。事实上乌鲁木齐通往伊犁的312国道有很长一段就贴着湖延伸。一路上车里已是惊呼不断，但下了车又自不同，放眼四野，空阔无边，美景迭来，仿佛去了围挡，我们一下进入了画中。有的地方是能让人忘形的，赛里木湖就是。

美景固让人流连忘返，美食也令人难以忘怀。我在湖边的蒙古包里吃到了平生所觉最鲜美的一顿羊肉。印象中江南人是不大吃羊肉的，苏州的"藏书羊肉"在当地有些名声，但也就像南京的清真餐馆，影响仅限于一隅。与羊肉常规化、规模化的接触，似乎始于街头羊肉串的出现。新疆则可称为"羊肉控"的地界。在新疆的汉族人饮食习惯也颇受影响。我原是不大吃羊肉的，嫌它膻，不想到了新疆即对羊肉生出好感。绵羊肉的鲜嫩非山羊肉可比，但是否当真如当地人所谓"一点不膻"倒可另说。是故在后来的一路上，凡遇大肉和羊肉二选一之际，我都是斩钉截铁地回道："羊肉！"声颇豪迈，仿佛自己也很有几分"新疆"。

事实上在草原上大块吃肉才当得起"豪迈"二字。游牧民族原生态的吃肉法，或烧煮或炙烤，都是大块，分解成小块与素菜同炒，想来还是汉族人带过来的吃法。在乌鲁木齐，我们吃过一顿烤全羊，整只羊架起来烤，也整只端上来，当场分解，真是肉香四溢。但烤全羊似乎有其表演性，后来各地都能见到了，南京的清真馆子里也都将之当作大菜。我们在赛里木湖吃的清炖手抓羊肉，却再也没见到过。或许只有牧区才保持着这样原生态的吃法吧？

到新疆后"民族"概念才具体可感，此前若谈民族，新疆几乎就只知维吾尔族，到后方知，在新疆，哈萨克族、乌孜别克族、塔吉克族等，才是地道的"少数民族"。从事农业之外，维吾尔族人更有经商的传统，真正过游牧生活的少而又少，赛里木湖一带的牧区，生活着的大都是哈萨克族。后来在伊宁，我和哈萨克人聊过，他们说，哈萨克族人是不做生意的，即使伊犁这个哈萨克自治州，巴扎里卖东西的也都是维吾尔族人。

不过在吃上面，饮食传统还是有相通之处吧，多"手抓"就是证据。所谓"手抓"，实与做法无涉，只与吃法相关：游牧民族吃饭习惯不用筷子、刀、叉，用手。比如维吾尔族人有名的"手抓饭"，乃是羊肉块、胡萝卜（新疆胡萝卜色黄，故称"黄萝卜"）与米饭同煮，用手抓了吃而已。

时代向前发展，乌鲁木齐那样的地方，维吾尔族人也使筷子了，在牧区，手抓却仍是主流，不管是肉，还是饭。抓饭要比抓肉难度大得多，看哈萨克族人徒手吃饭，熟极而流，撮起一握稍稍捏弄，并不是捏成饭团，而后就着手入口，不知怎么就能吃得干干净净。我们跟着模仿，舍了专门预备的木勺不用，却难得要领,吃得狼狈不说,最后面前还是散落一片。

好在那一顿,重在吃肉。头天晚上领教了"大碗喝酒",此时则当真是"大块吃肉"——连骨的大块肉,一块有小蹄髈那么大,舍手抓真也别无他法了。由"羊"而成为"肉",我们差不多围观了每一步骤,这样的经历平生仅此一回。

先是宰杀,现场距毡房也就几十步之遥,主人放了血之后就吊起,极熟练地剥皮,这当儿小羊身上似还冒着热气。两个女生从旁走过,被几个男生诱来,以为有什么可看,一见之下惊呼一声,掩面而逃。这时毡房门前早已支起一口大锅,满满一锅沸水,小羊解为大块就投入其中,再撒上几把盐,别无什么调料,就这么简单。接下去就是等待了。

对未曾亲尝的人,实在不容易描述那羊肉的鲜嫩美味。我们当中最惧怕膻味的一个女生,烤全羊席拒而不食的,此时也向手抓羊肉投降。于是乎蒙古包里,不分男女,咸与"手抓"。人手偌大一块连骨肉,最矜持的人也把着骨大啃特啃起来,一边吃一边大声赞,热气腾腾之间,有一种最最原始的吃的痛快。

那天没酒可劝,主人不住地劝肉,又端来了一桶马奶子,据说喝了这个,吃再多的肉也无妨。我问这肉何以这样可口,得到的答复一可信一可疑。可信的是,草原上的绵羊原本肥嫩,又是羊羔子,又是现宰现做,新鲜无比,焉得不美味?至于说牛粪做出了很大贡献,似乎就不可凭信。草原上牛粪都是晒干了一饼一饼作燃料的,烧起来燃得很慢,比柴草耐烧得多——那

新疆是个好地方

也就是文火慢炖吧？但主人相信它也是美味之源，不可替代的。当然追究这个就煞风景了。

煞风景的事

偏是在这风景如画的地方，出了件让人哭笑不得的事——我让狗给咬了。在那一顿鲜美的手抓羊肉之后，众人都去骑马。我是骑过几回马的，骑在马背上的胆战心惊，马儿"走"时的颠簸，跑起来人也随之起落腾跃的感觉，都还有一鳞半爪的记忆，不免要向人吹嘘卖弄。直到敢于一试的人大都上了马，有个牧民又牵了一匹上好鞍子的过来，将缰绳交到我手中。

倘我就在原地上马，大约也就平安无事，不合往前走了几步，犹自与他人说着话，忽然之间，没有任何征兆地，就觉脚踝被一大钳子夹了一下，被夹处一紧，而后人就倒下了。事起仓促，根本不知发生了什么。待坐起看时，只见几步之外站着一条高大的牧羊犬，那个哈萨克族牧民一边大声呵斥着狗一边跑过来。我想往起站，就觉脚是木的，站不住，脚腕那里从前到后，有几个很大的牙印，起初只是白茬儿，像是破一点表皮，而后就开始渗出血来。

此时颇有些人围过来，询问着，那狗还在那里，看着这边，一脸无辜的表情。哈萨克族牧民用不甚流利的汉语解释着，我这才明白究竟发生了什么：我牵着的马与那牧羊犬是一家的，因我们一众人在骑马，狗已被拴起，只是拴它的绳索颇长。多

时
过
境
迁

走的那几步让我进入了它的领地之内，牧羊犬见陌生人牵着它家的马，不由分说便扑过来。

关键是"会咬的狗不叫"，它一声不响就扑上来了，迅疾如风，以致我全无反应，坐起后犹在发懵。那狗生得高大威猛，一张阔口将我整个脚踝都包住了。所幸它上扑时主人已经发现，马上大声呵止，牧羊犬一咬之下即松口，否则它那口利齿真能生生将骨头咬碎。

那牧民看看伤口，一边道歉，一边似也不大在意，向我保证说："草原上的狗是最干净的。"直到我们在赛里木湖边重新上路，走果子沟往伊宁进发，我才回味过来那话是什么意思。此时我已取代一行人中体质最弱的女生，成为众人关怀的对象。这种关怀是精神上的，或者说，很大程度上是知识性的，即关于狂犬病的启蒙。他们安慰我说，既然草原上的狗很干净，染上狂犬病的可能性微乎其微。而后他们就开始描述此病的种种症状，生物系的人比较权威地解说发病原理，遇有歧见便撇下我不管，自顾自争执起来。

狂犬病？——此前好像听说过，只是模糊遥远得像一个传说，忽然之间就和我有了某种关联，不管周围的人如何帮助我排除种种的可能性。说此后相当长的时间里我都生活在患狂犬病的阴影里肯定是夸大其词，不过隐隐的担心确实存在，甚至在某几个短暂的时刻还相当恐惧。

失眠的焦虑早已碎片化了，再不像早先那样整个压在身上，如果极偶然还会有回光返照，此时也被对狂犬病的焦虑取代了。我在日记里一本正经地写道："结束一种焦虑的最有效方式，也许是进入另一种焦虑。"事实上那些日子马不停蹄地奔走，新奇的景致、新鲜的人与事早已令人眼花缭乱，关于狂犬病的焦虑通常不会持续超过十分钟。

到伊宁的当天晚上，几个人就簇拥着我去了医院。像个伤员似的兴师动众，实无必要。被咬处虽然肿胀着，走路还有点跛，但我知道，目下伤情并不严重，要紧的是注射狂犬疫苗，哪消三四人前呼后拥？这几位还是不由分说来了，若是不加劝阻，还有更多人要来，甚至还有女生。但这些日子与大伙在一道同宿同行，我倒依稀体会出共同生活的某些特性，包括表情达意和采取行动的集体性倾向。在和谐的集体氛围中，大伙的举动是否有必要绝对是一种不合时宜的考量，尤其是有人有"难"之时。

时
过
境
迁

未料去医院是投错了门：管这事的是卫生防疫站，狂犬疫苗唯那里才有。医生说这里可以做的是打破伤风针。他这一说，我们才想到还有另一种危险存在。于是乎我先挨了一针，而后几个人又乘公共汽车按当地人指点一路寻到防疫站，去挨另一针。

有意思的是，防疫站的人一听我们说了缘由，就笑将起来："被狗咬了？哈哈哈……"防疫站的冷清与医院急诊室的忙乱恰成对比，我们进来时那人正悠然地抽着自卷的香烟，房间里一股浓重的莫合烟味道。另有两人显然不是这里的工作人员，没准儿是陪他值班的熟人。他用维吾尔语向他们转述，看那神情肯定是添了油加了醋，那两人一起看着我笑起来。我不明白被狗咬一下何以让他们乐不可支：这是绝对小概率事件吗？还是我们的郑重其事让他们觉得滑稽？无论如何，他们的笑很有感染力，我们也跟着笑起来，有点不好意思，好像这事一下就显现出它极为可笑的一面。

但是打完针后他的交代是一点也不含糊的。首先，狂犬疫苗针剂一组是七支，就是说，前后得注射七次，相隔的时间并不相等，是个由密而疏的过程，起先注射的日子挨得近，其后渐次拉长，最后的两针相隔半月之久。其次，针剂得低温冷藏，夏日尤需注意，高温或阳光直射之下很容易失效。

这一番叮嘱在其后相当长的日子里成为我的一块心病。我不断地扳着指头算日子，当时行踪不定，有时连续几日都在路上，我为是否能找到注射的地方忐忑不安。最后一针打完时，人已在南疆的喀什，其间或有稍稍延后注射之事，大体上还算是善始善终，与平日生病服药的有一搭没一搭大相径庭。

问题是如何保证这些针剂仍然有效。低温冷藏是完全不可能的：每日东奔西走，居无定所，哪来的冰箱？不得已，我拿水壶做了针剂的藏身之所，就是那种以帆布带子斜挎肩上的口小肚大的绿色军用水壶。针剂也是老式的，一个一个小玻璃瓶，壁极薄，绝对是易碎品，用时要以小砂轮绕瓶颈割一圈，再以镊子之类一举敲掉。

我先往水壶里注上一些水，而后将针剂投入其中，最后将水壶灌满。即使坐在车上，我也将水壶背着，或者干脆就捧在手上。饶是如此，汽车剧烈颠簸之际，仍可听到小瓶碰触水壶发出的声响，让人提心吊胆。水壶盖上盖，避光的问题应可无忧，至于水温是否可达到要求，那就只有天知道了。

去喀什的路上，热浪滚滚，凉水不多时即变作温水，因此一有机会我就去换水。每次换水时都会用手试试水温，总是觉得比之前更热，于是短暂地陷入因针剂失效多年后狂犬病发作的恐怖想象中。据说狂犬病的潜伏期可长达十年至十五年，幸而在以后的日子里，我大体上将这茬给忘了。

当然，这是后话，表过不提。

青春做伴，各奔东西

从伊宁回到乌鲁木齐，考察团就作鸟兽散了，大多数人都做归计，预备归途中游敦煌、游西安，算是尽余兴的节目吧。行前自有一番惜别，因大多数团员是应届毕业生，那情形有点像毕业时的各奔东西，住处一片狼藉，后走的人不断地到火车站送这拨人、那拨人。虽然大多数人在学校并不熟悉，有了这十天半月的朝夕相处，也能演绎得情深谊长。

两三对此行过程中结成的鸳鸯自有另一番惜别。七七、七八级本科生大龄居多，有些入学时已是拖家带口，入学前已有了对象的更是不在少数，与后面几届学生记忆中《白衣飘飘的年代》《同桌的你》那种校园氛围相去颇远，在校期间谈恋爱虽非法所不容，却与后来的大张旗鼓或轰轰烈烈有别。印象中要到三、四年级，尤其是毕业在即的那一阵，恋爱的氛围才弥漫开来,呈燎原之势。同学之间组合,若是原先并非白纸一张,不免有许多麻烦,往往原先的对象找上门来,"私了"不暇,就不依不饶地找"组织"论理,于是乎演绎出许多新时代陈世美的故事,令学校管学生工作的人头疼不已。"组织"出面维稳,多是给扮演秦湘莲的那一方表明姿态:毕业分配时棒打鸳鸯,将惹麻烦的人分到两地了事。如此这般,校方严阵以待,当事人愁眉不展、心事重重,校园恋爱的浪漫氛围反被说不出的缠夹不清所掩了。

八〇级以降,大龄学生已少见,越往后则越是清一色应届高中毕业生。他们再无学长们谈恋爱时的拖泥带水,渐近真正少男少女的境界,只是这也有个变化的过程,紧挨着我们的那几届还远没有今日大学生洒脱。恋爱上亦如此,比如大体上还不是不问结果只问过程,统一分配的"大限"又在那里,工作地点像单位一样,不能自由选择,无形中也就受着牵拘。去新疆的那拨本科生都已拿了奔赴各处上班的报到证,大局已定,恋爱之事——校园里若有过一场——多半也告一段落,要到新的环境另外起头了。

但是旅行自有一种特别的氛围,在新疆那样的地方,少男少女朝夕相处,似乎合当有事,仿佛人就该洒脱起来。有部名为《我们村里的年轻人》的电影,里面一伙年轻人捉弄未经自由恋爱的风水先生孔阴阳,问他恋爱是咋回事,他道:"恋爱嘛,就是找有山有水的地方,女的在前面跑,男的在后面追……"众人就哄笑起来。这也是当年电影观众口中的一段笑料,大家笑得颇有优越感。事实上这公式化的想象还真是深入人心,八十年代初一部《甜蜜的事业》在演绎乡村浪漫时便有这场景,而且是配了抒情音乐的慢镜头,一点不觉是漫画手法。要说有山有水,新疆比南京那些名胜在符合冥冥中"浪漫"的定义方面不知胜过多少倍,还要加上异域情调,太适合充当恋爱的布景了。

也就十几天的时间,考察团里着实凑成了好几对,甚至在来的路上就已经结了一两对,来到山光水色之中,恋爱更如春暖花开,星火燎原。这期间重组的事也是有的,至少在我这外人看来,并未伤了和气,都是一团高兴。

有个物理系的男生,北京人,大大咧咧特别能侃,和中文系一女生在火车上就结成了组合——与后来其他组合一样,他们都是此次组团才认识的。中文系女生戴副眼镜,时常穿件白色的连衣裙,从一开始就不掩饰对物理系男生的好感,时常尾随其后,且似乎因体味到自己的特立独行,有一种伴着些微羞涩的大胆。

当然那一茬的学生普遍都有几分文艺青年气质,就是说,不那么务实,常谈论一些虚玄的问题:重要的还不是话题本身,而在谈论的方式,还有高调的氛围。比如说到将来的打算,那些分在大城市、好单位的不免意气昂扬,好似未来正无限展开。不过当时认为的好单位与今日有所不同,进机关似乎并不被看作上上之选。中文系女生分在了省文化厅之类的单位,一点也不兴奋。物理系男生要去中科院物理所,大谈胸中抱负之际,那女生总是最好的听众——微仰着头,面露钦羡之色,镜片仿佛也兴奋地闪着光。

可以想象的，他们的"喁喁情话"也不乏"畅谈人生"。其他几对多半也是如此，但见于形迹者即单独行动，在乌鲁木齐那样的地方是逛街、压马路，在赛里木湖畔则是离开众人往远处走去。男女之间仍保持着距离，勾肩搭背是没有的，甚至牵手亦有所遮掩，然一片鲜明照眼的蓝绿之中，一对漫步走向远方的少男少女，非常入画。

有个生物系的毕业生是准备考研的，要报考哲学系，将"畅谈人生"的话题问到了我头上。我在考察团里似乎被划为玩世不恭的人，因他问得正经，只好正经作答。以当时的氛围，问答双方都知道，说具体的打算就俗了，甚至说今日的所谓"人生规划"也属于过小日子的范畴。我正色说想过一种属于自己的生活。他当下肃然，问："你是想以你的生活态度影响周围的人吗，也就是以己之所为，提供生活的另一种标本？"我真没想到过要给别人做榜样，被他这么一升华，居然也就认下了。

那些临时组合的恋人肯定也没有具体的打算，那一段时光不在预设之中，又仿佛是规定情境、题中应有。也许我是不知情，印象中男女恋情应有的种种纠结、雾数都没有，过后也就走散，云淡风轻，再不相扰，故有一种青春做伴式的轻盈与透明，是不问结果的。没听说那几对后来有什么来往，几年后偶然碰到那个中文系女生，她已然结婚生子，那种随时准备兴奋起来的神情已不见了。

新疆是个好地方

朋友为我想的辙

各奔东西的第二天,我就去投奔黄山上遇到的那对新疆夫妇。两年当中好像与他们通过一封信,过后即再无联系,说"投奔"当然是夸张。我甚至没有他们的电话号码,只有他们的工作单位和住址。其时大多数人家还没有电话,我从电话号码本上查了他们单位的电话打过去,居然顺利地把人给找着了。大约我去之前并无明确的打算,否则该事先通信才是。

那对夫妇住着一处平房,老房子,在巷里,我想应该是一九四九年以前盖的,特别结实。电话里说好他们在某路公共汽车的某站等我,我人地生疏,辗转多时才到,中途无从联系,他们只能站在那里苦等。

他们在黄山所说一点不夸张:两间房,因为没有多少家具更显得宽敞。那个年头,凡有单位者,结婚之后理论上都可分得住房。但只是理论上,事实上却是僧多粥少,对大多数年轻人而言,那只是一项纸上的福利。我留校的同学,有不少结婚多年仍是无房户,能"非法"在筒子楼里占据一间房就算不错了。当然新疆地旷人稀,住房条件应好于内地。他们身为普通职工而能一结婚就住到这样的房子,则是因为男的是市煤气公司的工人,那可是一份令人羡慕的工作。

若非问起,我再猜不到他们的老家在上海,他们都是随支边的父母过来的。男的长得高高大大,有着黧黑的国字脸,说话瓮声瓮气,看着就憨厚朴实。女的则是北方人的长相,有着与当地人一样显得粗糙的皮肤,也有北方女子的麻利与泼辣。两口子都操一口新疆话,典型的西北腔,从长相到口音到生活习惯,一概本土化了。他们显然对新疆的生活很满意,女主人指着房子和墙角的一大堆瓜果,说了两次:"没骗你吧?"

上黄山的那次蜜月旅行是他们长大后第一次到内地。在上海亲戚家住了几天,他们反倒怎么都不习惯:在那个他们出生的大都市,竟觉格格不入。与说到上海、上海人时流露出的不解和不屑相比,他们说到新疆则是一脸"谁不说俺家乡好"的神情。

我在他们家住了三天。其中一天男的请了假,领我去游天池。余下的两天,他们交给我一把钥匙,不论家中有人无人,方便出入。女主人还做了些食物搁着,说白天他们上班时若不回来,可自己热了吃。晚上他们便陪我聊天,聊新疆的种种,看得出来,他们很愿意我不断问这问那。可惜具体聊了些什么,我都忘得差不多了。

住了三天我就想走了,一则不好意思多打扰,二则在去北疆之前已在乌鲁木齐转过几天,急着想去南疆。他们先是不让,说来一趟不易,强着多住几日。后看我执意要走,他们才不再阻拦。

男的有个交警大队的朋友,管着新疆各地出入乌鲁木齐的车辆。知道我要去喀什,他就让朋友物色一辆从那边过来拉货的车,我就不必花那路费了。女的说:"在黄山说过的嘛,你来的话我们全包了——新疆人说话是算话的。"

很快车就找好了。临行前的那个晚上我们说了好多话，两口子叮嘱我从南疆回来一定还住他们家。女主人说我在她家还没吃上手抓饭，那是地道的新疆饭食，外面的不如家里的做得好，她得给我做一回。男的仍是话不多，拿出一对小旗让我带上，那是交警指挥交通用的，一红一绿。"这玩意儿管用，不管什么车，拦了就得停下，让捎一程，不敢不捎。"他说。大概是有次女主人说起新疆人热情，路上招个手就让你搭车，男的低声说现在不同了，经常招着手车就开过去了。

不承想他就记着了，想出这么个万全之策。那对小旗不是冒牌货，是他从交警队朋友那儿讨来的真家伙。好像他还给我比画了一下，说："简单，拿着旗横着胳膊伸出去就成。"那晚上我因此有点无端的兴奋，想象出多个在沙漠里拦车上路的情景，仿佛要仗旗走天涯了。当然后来这旗并未真正派上用场，去程他们已安排好了，回来时我还是老老实实坐了长途汽车：上哪去找恰好到乌鲁木齐的车？一段一段地搭车，时不我与呀。

只是在阿克苏一带，我完全出于好奇，在汽车旅社附近的公路上试验了一把：拦了辆车，坐了一段路，而后下来，等着反方向来的车再坐回去。当时天已很晚，很长一段时间没车经过，对着茫茫戈壁滩，我倒惊出一身汗来。就这一条路，往回走方向是不会错的，只是要走到何时？四野无人，旷野里的静迫压过来，有点瘆得慌，幸而后来终于来了车。

此后直到回到乌鲁木齐将它们完璧归赵，这对小旗一直处于闲置状态。

两个小家伙

去喀什的那天，我先被领到了一处混乱不堪的停车场，好多装货的卡车进进出出，看车牌，新疆各地的都有，想来是要在这里办进出的手续。朋友送我来的，他的交警朋友看上去很老实，把我交代给司机时说话却有点不客气，大意是这次不把我照顾好了，日后没好果子吃。

我没想到自己的临时托付人是两个小家伙。矮胖点的那个留了胡须，看起来有点蔫坏，身材单薄的那个活脱就是个中学生。我觉得朋友有点所托非人，但木已成舟，却也只好由它去。两个人低头听着交警交代，神情却是怏怏的，有几分像被喊到教师办公室挨训的差生。我朋友又叮嘱了几句，我们就上路了。

两个小伙子搭档，轮流驾驶。矮胖点的那个姓陈，瘦长条的那个姓什么我已忘了。开始两人都不大吭声：忽然插进一个陌生人，年纪还比他们大，一时不知说什么好，相互之间的交流也不自在了。我有所问，得到的回答都极简短，不情不愿地。我很快就悟出来了：他们肯定是被掐着脖子被迫捎上了我，等于被硬性摊派到头上一个活。从后来的话里听得出，他们的确和那交警八竿子打不着。

我甚至推想，司机们走南闯北、见多识广，社会经验丰富些的，遇到这种事，多半会找个由头一推了之，交警也未必能怎么样。这两个小伙子毕竟嫩，不知如何推脱，对他们来说，对方不仅是交警，还是大人。果真如此，我被塞给他们，就还有点欺负弱小的意思了。

我不免有点歉然，不觉间对之曲意逢迎，当然是不着痕迹的。仗着比他们大不少，我有意引他们说话，却看似漫不经心。好在他们很单纯，其实还是半大孩子嘛，哪有多少戒心和城府？几小时以后大家便有说有笑的了，到后来混得很熟，到喀什之后他们还领着我找住处，看我安顿下来才离开。其后好像小陈一人或是和那瘦子一道，到我住处来聊过天；他邀我到他家吃饭那次，瘦子肯定是在场的。

混熟了，他们常会露出孩子气的一面，时常会开玩笑着扭打在一起，有时生气了则互不搭理，不过瘦子常是怯怯的。他们会抢着教我新疆的骂人脏话，一路上我学了不少，到现在还记得一句"勾子松松的"（后来有人却告诉我这是陕西话，或者西北各处方言多有相通也未可知），大约和骂人裤带松意思差不多，总之事涉男女。头一次他们之间诡黠地说起，我不明何意问了一句，小陈蔫坏地笑，瘦子则笑得像是快岔气了。到最后他们也没解释清楚，但他们喜欢说，有犯禁的快感。我也学着他们说，有一度这简直成了我们的口头禅，常会无端地说起。

他们都是在新疆出生，从没去过内地，到过的最远地方就是乌鲁木齐，也就是现在跑长途拉货的地方。两人都是初中毕业,不想再念书,家里也没让他们继续求学的意思。两人家里情况差不多,父母是普通工人,已经让他们的哥哥顶了职,他们自己要想有个单位,根本没门。他们就学开车,家里凑钱加借贷买了辆老掉牙的卡车,让他们跑长途。小陈刚满十八岁,瘦子还要小些,跑长途却已快一年了。从喀什到乌鲁木齐一千六百多公里,沿途有崇山峻岭、千里戈壁,未成年人独自闯荡其中,这在内地城市里的孩子看来简直难以想象。

他们开的是那样老旧的"东风"卡车,看上去好像随时都有报废的可能,路上也确实抛锚过,他们自己下来修修弄弄,居然又能上路。想想看,长途客车从乌鲁木齐到喀什一般是四天三夜,我们那一趟整整用了一个星期。途中我不止一次后悔不该图这便利,起先是因两小伙子隐隐的敌意,后来则是为路上耗掉的时间。不过事后想想,这倒也是一次难得的经历和体验,坐长途车的乘客是不会有的。比如说,他们不会在冰达坂幕天席地地睡上一夜吧?

夜宿冰达坂

"冰达坂"这三个字眼上路后不久我就从他们嘴里听到了。问起,二人只说是此行最难走的一段路,从乌鲁木齐往南疆要翻山越岭,过了冰达坂,往下便是一马平川。冰达坂就像鬼门关,常出事。

我想起那首著名的新疆民歌《达坂城的姑娘》,便问是不是那地方,两人说是。我想象不出出漂亮姑娘、西瓜大又甜的地方怎么会和一段险途扯到一起。再问,他们也说不出所以然来。后来查了词典才知道,"达坂"源于蒙古语"dabaya(n)",意为山口、山岭。"达坂"在维吾尔语和蒙古语中的意思是高高的山口和盘山公路,并非指某个具体的地方。清乾隆年间纪晓岚因事被发配新疆,赐还时即经过了辟展一带的达坂。《阅微草堂笔记·滦阳消夏录五》记曰:"一日,过辟展七达坂,车四辆,半在岭北,半在岭南。"原注谓:"达坂,译言山岭。"

辟展在吐鲁番鄯善,与我要经过的达坂当然是两回事。纪晓岚过达坂时,两辆车过了山口,两辆车在这边,不能相顾,只能在岭上歇息,爱犬也死了,可见路途的艰辛。我们走的是国道,现代的公路当然非清代的路况可比,而且是汽车,然而跑这条路的司机还是视之为畏途。关于冰达坂有种种恐怖的传说,暴风雪、风沙、失踪的人与车……令其平添了几分神秘。

我在车上却并没有什么异样感。我们是傍晚上路的,天黑以后开始爬坡,渐渐地就似到了万山之中,眼里全是巨大浓黑的山影。汽车在盘山公路"盘旋",有时看到对面的盘山路,隔不远就是一辆卡车,一辆一辆大开着车灯,盘曲的一串,颇为壮观。车都行驶得很慢,大多是运货的卡车,货物堆得危乎高哉,越发显得车行得吃力。我们这辆车更像是在挣扎,吭哧吭哧,震颤着好像随时都有可能接不上气。

说是壮观,其实也单调,我从上了往乌鲁木齐的列车起就没睡过好觉,只是"劳其筋骨"的那种,辗转反侧失眠的一页早翻过去了,此时消除了车主的不快,与二人已相谈甚欢,不再打点精神,不觉就在震颤之中睡着了。小陈将我叫醒时,已是晚上十点来钟。他说最险的路段已经过去,今天不走了,就在这儿歇,说着便下了车。我跟着出了驾驶室。公路旁有一片比较平整的空地,已有好多辆卡车停在那里,看来都要在这儿打尖。小陈说,不会走了,都要到天亮了才上路。

果然见地下已有人躺着,多半都离自己的卡车不远,或许这是长途货运司机惯常宿营的地点之一吧。我忽然想解手,问附近有没有厕所——也是还有点迷瞪的缘故,其实在新疆,野地里撒尿也有好多回了。他们二人见问都笑起来,说:这儿女人的影子也见不着啊,哪儿不能尿?我也自觉好笑,只是即使在野外,也还是习惯找个背人的地方,这儿却四望空阔,一览无遗,隐无可隐。踌躇间,他们二人已走过公路那边,冲着山下管自"方便"起来。

这时离我不远处黑影里忽然坐起个人来,冲他们吼:"吵什么吵?!睡觉!"身影很庞大,听声音也是个大块头。我心里发笑,想刚才我们的车上来,那么大声倒不嫌吵,还偶或有车经过,大灯扫过来,发动机声音够大的,他也能酣睡不醒。当然这时候司机似乎都已找地方歇下了,后来也不再有车加入这歇息的车阵。

那两个倒是立马噤了声,到车上拿了油布,也就是车用的篷布吧,展开铺在地上,又拿两条破旧且沾了油污的毯子,一条给我,他们俩合用一条。我推让,他们执意如此,我也便睡下盖上了。

但一时却无法入睡，身下的篷布挺厚，却还觉得有砾石硌着，而地面也与泥地不同，梆硬梆硬的。我想问问冰达坂是不是就算过去了，或者这里是不是冰达坂的一部分，却发现小陈他们已睡着了，不知哪个还轻微地打着鼾。我便轻手轻脚起来转转看看。天气很好，微风带来几许凉意，月亮在薄云里穿行，远望有很多的山峰，有些在月色中闪着银光，应该是终年积雪的冰峰了。若非空地那边显得有些狰狞的山崖的黑影，真要作"月白风清，如此良夜何"之想了，哪里有鬼门关的影子？

万籁俱静，四周没有树，也不生草，没有风吹树叶的沙沙声，好像也听不到虫鸣。回去躺下，见不远处有人坐起来抽烟，一声不响，烟头的红光一闪一闪。听到的声音都来自人，有人起来解手，小便激在砾石上，哗哗直响。解完手，那人开始清喉咙，清出一口痰来，"噗"的一口吐出去，响亮得有几分夸张。

不间断的则是此起彼伏的鼾声，呵斥小陈二人的那个大块头睡在不远处，鼾声忽止，大声说起话来，像吵架，却只没头没脑的一句，再无下文，不知说的什么。片刻之后，鼾声再起，比之前更加嘹亮。大概是说梦话吧。

想到我是在万山丛中，星空之下，听取鼾声一片，就觉很好玩。想到十几天来去过的地方、见到的人，忽然有一种不真实感，此时此地也变得如在梦中，暗想今夜恐怕难以成眠，却不知怎么就滑入了梦中。

见识戈壁滩

第二天清晨,我是被汽车发动的声音吵醒的。夜宿岭上的人早早地就都起了,正准备上路,好像所有的卡车都在发动,响成一片,动静好大,虽是各走各的,却好像大军拔营似的。跑长途的都是晓行夜宿,夏天酷热,更要趁早晨清凉多赶点路。

不到十点,我已在领教南疆夏日的酷热了。此时卡车已开行在平地上,那是一望无际的戈壁滩。下了山岭直到喀什,除了零星的小事件,我的记忆几乎是重复的,时间的前后也失了序,因每天眼中所见几乎一个样。虽说走的是国道,道边却是光秃秃一无所见,公路在车轮下向前铺展,烈日的烘烤下冒出柏油的黑色,一摊一摊仿佛要化了,晒软处印着车辙。昨晚盘山道上可以组队成行的卡车在这旷野中拉开了距离,直直的公路上也时或不见其他车辆的踪影。没有任何参照物,我所乘坐的又是老破车,就觉特别慢,踽踽独行,好像怎么也开不出这戈壁滩。

我曾经骑自行车从南京到广东,公路旁总是能看到一片片的房舍,过一段就是一小镇,即使在山区,转弯抹角也不难见到零星的房屋。但这里可以行驶半天一无所见,甚至一点绿色的点缀也没有。戈壁滩是发红的土褐色,除有风时或者汽车经过时扬起少许沙尘之外,似乎只能隐隐见到烈日烧灼下蒸腾的热气。清晨或薄暮时分,公路于微明中泛着白色,世界仿佛柔和了一点,但仍透着天地的严酷。

那样的景象在影像中肯定见到过，但不是身临其境，则多半无感。我联想到的倒是哈代小说中反复出现的场景。哈代总喜欢安排他的主人公独自穿过艾顿荒原，偌大的荒原衬着跋涉在小道上的渺小身影，反差极大，他的描写像是俯拍的镜头，越发让人慨叹。我在戈壁滩就偶作此想，而南疆可说是一个更严酷的环境。

事实上乘火车行在甘肃时就已见到茫茫戈壁，然而在火车上与在汽车上感觉是不同的。人类制造的工具改变了我们与世界的关系，也催生出对世界不同的感觉。火车好像更有一种对自然的征服感，那两道钢轨似乎足以形成与人的世界更稳定的连接。我感觉汽车所提供的安全感就差远了，它与人的世界形成的连接有时似乎是中断的，你会有一种裸露感。

当汽车停下你出到外面时，尤其如此。火车途中临时停车多半不让乘客下车，最多只让到站台溜达，那仍然是一个封闭的所在，裹在热闹的人气之中。卡车在戈壁滩上的停留则像是一种遗弃。车主停车给水箱加水时，我会下来溜达溜达，只要溜达得离他们稍远，很容易就被异样的裸露感给俘虏了。你会觉得你和世界，一切的一切，都是裸露的状态，没有任何的保护和遮掩，"荒无人烟""地老天荒"这些形容仿佛一下子有了真实的含义。

在我的感觉中，四周甚至看不到阴影——除了我们和汽车的影子，一个没阴影的世界让人瘆得慌。数小时枯对公路不断向前，戈壁滩的布景"天不变道亦不变"地在车窗外向后移动，大概是快到阿克苏或是某个别的小城时，我在昏昏欲睡中忽看见远处公路边上有一处黑影，忙问小陈那是什么。瘦子刚想答，小陈拦阻，让我猜。我自然猜不到，过不一会儿靠近些，看清了：是个老汉在卖瓜。地上堆着一堆西瓜，是用板车拉来的，此时板车被卸下轮子竖起来，斜支着，造出了一片阴凉，卖瓜老汉就在那阴影里蹲着。

我有一种莫名的惊喜，想买瓜喊二人同吃。他们原本想直接开到那天的落脚处的，已开过瓜摊一段了，应我之请才停下。既已停下，他们便趁这时检查水箱。见我抱了瓜过来，小陈问怎么卖的，我说三分钱一斤，若是全买下，一分钱一斤就给我。他撇撇嘴，说买贵了。我大为不解：差不多等于白送了，还说贵？那老汉不知从哪儿把瓜拉到这儿，路绝对近不了，不值吗？前不久刚灌了一肚子水，并不十分渴，那瓜也未见得就比在乌市吃的甜到哪里去，但哪怕就是这样我也会买的——好像买卖在这里发生显得特别不可思议。

你可以说戈壁滩很壮观，很宏伟，而宏伟经常就意味着单调。在这条道上跑的司机终日得与单调的景观相伴，特别易生倦意，往往开着开着就走神，或是陷入木然的状态。据说有司机开着开着就睡着了，有将车翻倒在路边的，也有将停在路边暂歇的车给撞了的。两人跑长途，有个人说话打岔，比录音机里放音乐要管用。

我带了个录音机，他们看着挺新鲜，让我把几盒带子颠来倒去地放。一路上单调的景色加上驾驶室里的燠热，让录音机里出来的任何声音都变得令人昏昏欲睡。他们并不赶夜路,在我看来每晚睡得也够早,因为跑长途很辛苦吧,换着开车时,不开的那一个总会睡过去,每每换瘦子开时,小陈就会提醒我:"多跟他说话,别让他睡着。"于是我就扮演陪聊的角色,那一路上若说我也有点贡献,那就是在这岗位上还算称职。好在我有无数关于新疆的问题要问,而间或答话似乎比一味听人说话更容易保持清醒。

其实一路之上,我也常在昏睡状态,景致单调之外,是被热昏了。新疆的热热得很"酷",直来直去很干脆,不像南方,往往热得拖泥带水,湿热。若是在江南,坐在驾驶室里,温度不必这样高,肯定已汗如雨下,人就像从水里捞出一般。在新疆则不会,似乎也很少看到有人背后腋下洇出大块的汗迹——汗一出来就被烘干了。

我原先像很多北方人一样,认为江南的湿热比北方干爽的热难受得多,在北京那或许是没错的,在南疆的戈壁滩上就得另说:那样的光天,那样的干燥,简直像是把人往焦里烤。在驾驶室关着就更是如此。老式卡车的驾驶室极逼仄,三人坐在里面,塞得满满当当,又还有加水的桶之类的杂物挤占空间,人整个不大能动。外面烈日当空,里面发动机在散热,交相夹攻,每一处都是烫的。我在南方也在酷暑中坐驾驶室跑过长途,就觉里面闷热如蒸笼,相比起来此时更是置身不折不扣的烤箱。

仿佛所有的水分都在蒸发。口干舌燥,往往已灌了一肚子水在里面晃荡,还是口渴,不住地想喝。人渴,车也渴,水箱里

时过境迁

的水很快就耗干了，印象里小陈他们不断互相提醒，老是停下车加水。到下午，温度越发高了，热得受不了，他们会弄块湿毛巾顶在头上，过一会儿就见头上冒热气，不用多久，湿漉漉的毛巾就全干了。后来我对人说，那一路没有被烤成肉干算幸运，那当然是夸张，但感觉却是真的。

荒郊野店

有一事加重了那一路行去的单调枯燥：尽管经过了一些城镇，我们都是"过其门而不入"。所谓"绕城公路"大都是后来的事，新疆当更是如此，当时公路经常是穿城而过，小地方的公路就是它的商业街，所有的热闹尽萃于此。所以我们一路南行，应该经过了不少地方，只是一概匆匆而过。

印象里只记得路两边简陋的房屋，许多屋前张着布篷，布篷里或坐或站的人漠然地看着过往的汽车，从后视镜里可以看见车经过处扬起的漫天尘沙，有时一群小孩会喊叫着跟在后面一阵疯跑。我们真像过去小说里常写的，小学生写作文形容经过之速时加以剿袭的句子，"一溜烟过去了"。有时我是在昏睡中过去的，醒着时则真的是"眼睁睁地看着过去"。很想停下来转转，一则于我全都新鲜，二则也算是于单调中有所变化。无奈我是"流水有意"，小陈他们是"落花无情"，这些地方早已被他们视为单调的一部分，毫无新鲜可言了。

晚上住宿都是找个荒郊野外的旅店住下，从不会到市镇里找地方。那些旅店应该是车马店的后裔,汽车旅馆的前身,彼时当然更近于前者,都是多人住在一起,简陋脏乱的笼统印象之外,记忆里挥之不去的就是混合着羊膻与莫合烟的浓重气味。我也算是能征惯战之辈,对这些虽不习惯,总可忍受。最不耐的是无处可去,出了门便是荒野,孤立的院落无依无靠,你尽可想象成黄沙中的龙门客栈。

长途车,不拘客运、货运,好像都是找市镇左近却远离市廛的地方宿夜。司机若想找个乐子,宁可将车停在这儿自己过去。我问小陈何以如此,回说便宜,上路方便。几年后游云南,乘长途客车,从昆明往瑞丽,途经大城小城,都是宿在郊外。再往后在欧洲暴走,体验了一把长途客运,也是如此。我想那也是"管理"之需:无处可去,荒僻之处好招呼,旅客无处可去,各安其室,说上路就走了。货车则停车方便,货物安全也有保障。

如此这般,马不停蹄地过去,以致我对沿途城镇全无印象。唯有阿克苏算是例外。快到阿城时,那辆老掉牙的车终于出了大问题,还算好,好歹开到了修车的地方。接下来的两天是焦急的等待,不知车能不能修好,我甚至动念干脆改乘长途客车去喀什算了。

小陈却打包票说,准能修好,还是一起走吧,不然你回头向你朋友告我们一状,我们说不定还被记一黑账哩。我说咱们都成朋友了,哪有那样不仗义的。话是这么说了,最后还是没走。一个很重要的原因,是聊天时他们顺口说到几年前上海知青为回城就是在阿克苏闹绝食,几千人好多天不吃不喝。一听之下我就连忙追问,他们却再说不出什么——都是从大人口中听到几句,那时他们毕竟太小了。

喀什一瞥

喀什号称新疆第二大城,乌鲁木齐之下就是它了。我知道这里是古丝绸之路上的重镇。从东南面过来,绕着塔克拉玛干沙漠而来的两条道在此会合,所以这里也是往中亚的必经之地。古时商贾在此往来,汉、唐又均设之为重镇,可以想见其繁华,那时乌鲁木齐八字尚未见一撇。

但是一九八五年的喀什早已见不到昔日的辉煌,我感觉它与乌鲁木齐像是两个时代的城市。整个市区大概只有一两条柏油马路,余皆为灰土路的街巷,干旱的气候,汽车经过即尘沙弥漫,只是不拘公交车、货车,都很少。站在高处望,一派浑黄,满目都是那种泥土夯实而成的干打垒房屋,其景观很像后来在电视上看到的阿富汗城市。二层以上的楼房屈指可数——不是喻其少,的确有人告诉我,是真的不到十处。来上一场豪雨,很多房屋怕是就要泡汤了,只是这样的雨从来没来过。但是冬天不是会下很大的雪吗?冰雪融化时又如何呢?我问过一个维吾尔族人,没能打听出什么来。

树很少,绿荫似乎在大片的浑黄当中消失了。夏日炽烈的阳光将灰土照得刺目,草木的绿也在曝晒中褪色,仿佛染上了灰土。最醒目的一片浓荫在艾提尕尔清真寺那一带,那是全疆规模最大的伊斯兰特色建筑,在低矮民居的映衬下尤显得高大雄伟、气势不凡。

乌鲁木齐迎接新疆维吾尔自治区三十周年大庆的活动正如火如荼,这里却是另一种氛围,除了一些横幅标语,别无动静,倒是古尔邦节的临近带来另一种节日的气氛。古尔邦节即宰牲节,又称忠孝节,系为纪念易卜拉欣以亲生儿子祭献真主安拉,为伊斯兰教三大宗教节日之一。其实这些知识我是到新疆后才知道的,固然是因为出游往往是即兴而为,没有事先做功课,另一方面也就见出我们了解其他文化的冲动是多么有限,当然西方文化被视为先进文化,又当别论。

古尔邦节在伊斯兰教历的十二月。喀什艾提尕尔清真寺举行的仪式为全疆之最,这也是我决定要往喀什一游的原因。

之前我不知新疆有这么个地方,其他种种更是不知。属喀什地区的塔什库尔干倒是知道,那是因为看了电影《冰山上的来客》,但我实不知它的具体位置。

大名鼎鼎的香妃墓也是到了喀什之后才听说的,按着地图去转了一圈,也就是到此一游,并不特别感兴趣。我感兴趣的是在街头巷尾闲逛,看街景,逛巴扎,可能的话,到维吾尔族人家里坐坐。

自己闯到人家里做不速之客倒更有意思些。其实也说不上"闯":往往是在小巷里逛着,有人站在家门前盯着你看,我会问可否进去看看,言语不通,多半是比画,明白了意思之后,很少会被拒绝,拘谨的就跟在你身后,热情的则会招待你。我转过几家,印象很深的是图案精美的挂毯、地毯,虽然毯子多半已污损了,但毯子的鲜亮与那样简陋的土屋、那样少而简单的家具形成一种奇异的对比。

后来我跟人说起,都说我那样乱走太大胆了,我倒也不觉有什么。被别人盯着看也习惯了——若是在巷子里,你会觉得后面有视线一直跟着你,让我想起在内地乡下常有的情形。除了一看便知我是外地人之外,我想还因为我手中的相机。

显然,在那时的喀什,手持相机还算新鲜玩意儿,这也是被作为断定是从大地方来的一个依据。大人大多谨慎腼腆,孩子则特别顽皮、不认生,他们会直奔主题地表露出对照相机的好奇,大胆的就直接上来要求看看,能让拿一下或从取景框里张望一眼则更为兴奋。更多的情况是三五个小孩嚷嚷着追在身后,待你转过身来就比画按快门的动作,嘴里"咔嚓"有声,意思是给他们照一张。后来冲洗照片,我发现在喀什照了许多维吾尔族孩子,一概阳光灿烂,或是眉开眼笑,或是做着鬼脸。没有一个要求我把相片寄给他们,好像根本就没想到这茬,可能根本不知地址怎么写,更可能的是,"咔嚓"的过程本身就已经令其得到一种神奇的满足。

逛巴扎

逛巴扎是另一桩有意思的事。来新疆之前我好像对逛市场并无兴趣,四处旅游,似也从未将市场视为可以流连的所在。这不能归因于考察团里其他人的影响,团里倒是有那么一两位确乎是有备而来,到伊宁惦着买皮靴皮夹克,在乌鲁木齐则转了多处买挂毯什么的,我也扎在人堆里去转过,却不大想到购物上面去。渐渐逛出点意思来,多半还是因为巴扎里卖的东西有异域情调,看着稀罕。还有一个重要原因,是做生意的维吾尔族人能说汉语,当然多半也只会简单的句子。

我忽然发现讨价还价充满游戏的趣味性。过去我对这事很不屑——一个男的在街头为几文钱跟人争得脸红脖子粗,很没品,故碰到这种时候多半是退避三舍,仿佛"斤斤计较"之类的贬义词也是为此中表现出来的"小市民习气"而设。或许是因自己不上菜场不大买东西,内地的自由买卖彼时又还未蔚然成风的缘故,我印象中南京街头的讨价还价很是生硬:往往是买主因卖家要的价钱离谱显出义愤填膺,后者则大感冤屈,口沫横飞地争辩,不两个回合已至不是鱼死就是网破的境地,一个红头涨脸质问到底想不想卖,一个气哼哼嚷不买拉倒,于是再无转圜的余地,结果是不欢而散。在新疆讨价还价则要从容得多,买卖双方兵来将挡,想是得益于维吾尔族人经商的深厚传统。

一则入乡随俗,二则我是个观光客,不像在南京尚需顾及面子问题。此外买与不买,无可无不可。因此,没了得失之心,我就觉讨价还价颇具趣味性、观赏性。这一点我在伊宁已经有所领略,在喀什就更是如此。

为等着古尔邦节的到来,我有充裕的时间闲逛,每天我都会逛到挨着艾提尕尔清真寺的大巴扎。想象之中宗教场所应是肃静而远离烟火气的,清真寺内也的确安静,但周围却是熙熙攘攘的,卖各种商品的热闹得很。宗教氛围与市井气息仿佛浑然一体却又各不相扰,井水不犯河水,我觉得特别有趣。

多年后游欧洲,我发现许多市镇的大教堂像喀什的艾提尕尔清真寺一样,坐落在中心的闹市区,四围尽是热闹繁华。每到周末,教堂前的广场又多成为农贸市场,市民起早来买东西,如同赶集。在法国鲁昂贞德广场的一座新派建筑里,一所小教堂和菜市场干脆位于同一个屋檐下。我在艾提尕尔清真寺前看街景,清真寺的传音塔高高矗立着,不远处就是一溜商贩支着的篷布,底下人声喧哗。

我常去的是个卖刀的地方,背阴,不用篷布,一溜小贩坐着,各人面前排列着各式小刀,琳琅满目,顾客则大多蹲在那儿看货。边上还有零星卖小花帽什么的。若是维吾尔族人之间的买卖,双方常你一言我一语,不见争执,颇似开讨论会,交易像是在拉家常之中完成。

汉族游客与维吾尔族小贩之间交流空间小得多,出价之外,听到最多的便是小贩操着独特的语调说:"好得很!""好得很嘛!"——典型西北腔,却又与当地汉族人的发音不同。大多数时候我就是闲看,看刀柄上镶着的红红绿绿的、真真假假的宝石,试试锋刃,瞅瞅刀鞘上的各种图案。小贩很习惯我这样的游手好闲者,有那么一两个一回生二回熟了,见到我就招手,"来嘛,来嘛——",拿出什么新带来的货色让我看,即使知道我并无买的意思。逛市场的一个好处是有东西在那儿,比画起来容易。最常见的是演示刀的锋利，比如拿出几枚大头针、回形针之类，用刀将其切断。演示完毕竖了大拇指道："英吉沙！真正的英吉沙！"

英吉沙是南疆的一个县，那里产的小刀闻名全疆。我还在北疆时就听说了，考察团里的男生在伊宁的市场上逛，能够取得一致的目标，就是这个。好像就是从卖刀的商贩那里，有人总结出了跟维吾尔族小贩砍价的经验，即还价时拿着钞票在摊主眼前晃。未掏出钞票时，大体是你急他不急，比画来比画去，他似有一定之规，从容不迫，大概生意向来就是这么做的，习惯如此。钞票一经掏出则形势反转，变成他急不可待，往往从坐姿变为站姿，很干脆地让价，口中大声说着"好！""好！！"，交易很快就达成。

据我后来观察，此经验有点夸张，不过捏钞票在手确有刺激作用，汉族人之间的交易也是一样，只是在语言交流不畅、双手比画之际，效果更为明显。我们开玩笑说，此中的机制可以称为"见钱眼开"。

买刀不比买小花帽、皮衣之类，初时还有些犹豫，因听说刀不允许带回内地，后来又传只坐飞机才检查，乘火车没问题。又一说是开了刃的没收，没开刃的放行。到最后也不管准与不准了，团中绝大多数都买了刀，最多的买了十几把，虽说上火车之前有些提心吊胆，有几个还在挖空心思琢磨如何做到深藏不露，即有检查也查它不出。

我一直不为所动。一则像跟旅游团似的到一地一窝蜂跑去购同样的物,似乎很傻;二则伊宁那边小摊上的货多显得粗糙,而且大多做成匕首式,怎么看都是迎合游客的冒牌货。在喀什的小刀摊上,我的揣想得了印证:维吾尔族人自己使的刀都是单边开刃的那种,让人联想到土耳其人的弯刀,微缩版的,虽说不大一样。

有些刀做得实在精致漂亮,看了不免有点蠢蠢欲动,老是在那儿转悠,不留下点银子自己也觉得不好意思。最后我买了两把,直到离开新疆,那把黑羊皮刀鞘的,就一直挂在腰上——不是别在里面,是挂在外面,像佩刀。在内地,带刀而行不是善类,故怀揣利刃者都是藏着掖着,那是凶器。在新疆带刀则是寻常事,这也是游牧民族的习惯吧,多数情况下这小刀倒不是为了防身,是方便随时拔出来割食羊肉,故也可以视为餐具。我无须割肉,小刀的主要功能是用来破瓜,当然,可能还有点重视其装饰性。挂刀行在街上,或买了西瓜不劳摊主动手,自己拔出刀来之际,有意无意间,我觉得自己很"新疆"。

新疆的毛驴车

还有一项很"新疆"的项目,便是坐驴车。一连数日,每日都在闲逛。若是逛到郊外人又累了,就坐上毛驴车回来。彼时的新疆,除了乌鲁木齐,毛驴车似乎是更普遍的客运工具,很少见到毛驴载货,多半是载人。

只要在新疆停留的时间稍长,你不可能不对那里的毛驴留下印象。对内地人而言,最早把毛驴和新疆连上线,也许是看了阿凡提的故事,但在动画中阿凡提骑着四处游走的驴,没什么地域特征可言,和"黔驴技穷"的驴大同小异。小时候南京城里还可看到拉粪车的毛驴,看上去比马小一号,因它干的活脏,印象里它就脏兮兮的。到新疆才发现,驴可以是干净漂亮的。不止我一个有此感慨,一起来的很多人都很快留意到这一点。

一是经常看见驴,二是它们长得实在清秀,由不得你不多看两眼。有位北方同学赞新疆毛驴"长得俊","俊"字发方言的音,我觉得特别对。北方农村题材小说里常说某姑娘某媳妇"长得俊",与说男子"英俊"不同,意指标致、漂亮。新疆的驴当然有公母之分,但看上去却像都是小姑娘、小媳妇模样。在新疆各处所见之驴,身量皆小,比我在别处所见更苗条,而且一概眉清目秀,大眼睛怯怯的,神情温婉和顺。当时一下就想到黄胄,他是以画驴出名的,一定画了不少新疆的驴。回去查了一下,果然。

时常看到戴着小花帽的维吾尔族老汉骑在驴上,驴有时慢有时快,快时跑着小碎步,但不管快慢,上面的人神情皆悠然。当然,应该是谁都可骑,然不知为何,我见到的骑驴者都是老汉。骑驴的老汉一概身材壮硕,端坐驴背之上,显得胯下的毛驴越发的纤小苗条。再加上时常见到毛驴车,以新疆毛驴那身量、那长相,我不由惊疑给它派这重的活,它居然有那么大的力气胜任。

与机动车相比,驴车全然是另一种节奏。骑驴尚有稍微快点的时候,驴车却只是慢——事实上比自行车还慢,比走路也快不了多少。既然如此,为何要坐驴车?今人乘坐交通工具,就是为了快,越快越好,坐驴车则要牺牲速度,单纯就是找个代步工具。人乏了,不想走了,便坐上驴车,并不急着赶到哪里去,赶车的也不催,由着驴不紧不慢地走。

傍晚时分从郊外坐驴车回来很是惬意。太阳已没了白日的威势,天凉快下来,薄暮之中,四周已不大见到人。与新疆好多地方一样,一条土路,两行白杨,白杨之外,就似旷野。若是乘汽车,一路行去,一路烟尘飞扬,但驴车经过,尘灰也是安静的。四野无声,只有驴脖子上拴的铃铛在慢吞吞地响,随着铃铛的响声,整个世界的节奏仿佛都慢了下来。

不知是不是因为那一份安静,因为那仿佛静止的画面——如同电影淡出的镜头,后来回想到新疆之行,经常是终结在驴车上。事实上我后来在新疆还盘桓了些日子,从喀什搭车去塔什库尔干,从乌鲁木齐返回南京的途中半道去吐鲁番访高昌、交河二古城,印象都极深刻,古尔邦节期间艾提尕尔清真寺前虔诚信徒聚集欢度的场面也令人震撼,但回忆经常是不按常理出牌的,一些后来的片断常擅自插队到前面去,而喀什毛驴车则如同睡意阑珊的勾留。

从新疆回来后,我的兴奋延续了一阵子,也没太久,因为不得不面对毕业论文了。结束旅游回到论文,等于回到现实,但去新疆之前的失眠症并没有卷土重来——有时候对某种情形的担心比那情形本身更可怕。事实上我似乎压根儿把这茬忘了，过后都奇怪为何回来之后没有先就惶恐起来。睡不着的情形仍时或有之，但我由它去，不再纠结了。许多事，没有真正经历过，难解其中味，我因有过之前的恐惧，就觉得迈过了一道坎，简直像个奇迹。说出来外人肯定觉得夸张：新疆于我，不啻疗愈之地。——其实连我自己都疑惑，这么说未免太戏剧化。

对于陷入某种心理症结的人，一次旅行、一段时间、一件事，只要能让他从焦虑、恐惧中真正转移视线，忘情沉浸其中，大概多少都有疗愈的功能。我在新疆霍然而愈，或者是因为那地方于我太神秘太新奇，待了四十天，时间够长，同去的人又够兴奋，足以将我裹挟其中。又或者，我的"病"没我想象的那么严重。换一事，换一地，没准儿也会有同样的效果。但我是在新疆忘怀一切的，账只能记在那里。不管怎么说，新疆都是个真正能让人忘情的地方。

有很长一段时间，我逮着机会便向人渲染我的新疆之行。所谓"疗愈"不足为外人道（也没人知道或曾看出我有"病"），我扯谈的是所见所闻，人与事，情与景，这些就足以让听者羡慕嫉妒恨了。然而多年以后渐渐发现，我的所见所闻再当作谈资已变得小儿科了。越来越多的人去新疆旅游，网上的资讯铺天盖地，那个地方一下被拉近了，已然不复神秘辽远。到乌鲁木齐坐飞机几小时就到，天山南北都通了火车，还可以自驾，从地理到心理，都近了。我们文学院曾组织大队人马去过，有个熟人几年中去了三趟，好似去新疆可以是说走就走的旅行。新疆成了众多旅游目的地之中的一个。当然话说回来,新疆对我们当年考察团的那些人而言,其实也并不构成旅游目的地之外的什么。

当年同行的人在乌鲁木齐即已作鸟兽散了,大家天南海北,再没聚首过。我只和后来留校的一位还有联系。有次在学校附近一餐馆里遇到考察团里的另一位,物理系的研究生,双方都觉得面熟,却叫不出名字,后来试探着相认了,自是欢然道故。两人拼凑了些回忆,许多人都已模糊,想不起名字,我们的记忆也大有出入。这些人现在在哪里,做何工作,大半不知。可以肯定的是,大家都没去新疆工作。还有一条,我想应该是确定无疑的:所有的人都会认定,新疆是个好地方。

补　丁

"补丁的彩云的人民"

"补丁"一词,现在已很少用在衣服上,原因很简单,今天已不大见到有人穿打补丁的衣服。你要跟年轻人说补丁,他没准会联想到电脑、网络上去,但照本意,补丁首先就该是补在破损衣服或其他物品上的东西。

张爱玲写过一首题为《中国的日夜》的诗:"我的路走在我自己的国土。乱纷纷都是自己人;补了又补,连了又连的,补丁的彩云的人民。"这里"补丁的彩云的人民"当然是对着穿打补丁衣裳的人群有感而发。要"还原"的话,根据张爱玲创作的时间,此处所指的就该是解放前穿着破衣烂裳的劳苦大众。我读这诗的时候很怀疑:作者住在高级公寓里,过着布尔乔亚的生活,对补丁衣服能有什么深切的感受?

我小时大多数时候穿的都是有补丁的衣服,好像周围的人就没有不穿的。张爱玲上中学时受继母虐待,穿旧衣便觉委屈得不行,那是因为她上的是贵族学校,同学一个个衣履光鲜。我们生活在满目的补丁之中,往往也就浑然不觉。生活条件差只是一个方面,另一方面艰苦朴素是我们党的优良传统和作风。我父母就是农村出身,逢我对补过的衣裤表示不悦,他们便搬出这一套来教育我。事实上很多人对国共两党作风最直观的印象,也就从这上面来。

是从何时开始有布票一说,我不知道。好像是一年发一次,具体每个人该有多少也不清楚,只是听人说一年只够做一件新衣,所以补丁也可说是凭票供应政策的必然产物。当然,布票的制约又源于布匹的紧张,其实不独布匹,什么都供应不足,吃穿住行,我就想不出来什么是可以敞开来买、敞开来用的。要么,自来水?不过其他各项,还不能说是一望而知匮乏,满目的补丁则不啻将"匮乏"二字穿在身上。

有顺口溜云:"新三年,旧三年,缝缝补补又三年。"这是倡导也是纪实。从上到下,都是这样。普通老百姓不用说,党和国家领导人都在穿带补丁的衣服。领导人穿成这样,并非作秀,而是绝不丢掉艰苦奋斗的传统,会见外宾时,他们内里所穿的衣服也多为破旧者。八十年代初小学语文书里有篇课文,名为《周总理的衬衣》,写到周总理的衬衣打了许多补丁还是舍不得扔,补了又补还穿在身上。更早的时候,还有过一首诗,好像是警卫战士写的,也说这事。毛主席那件百衲衣似的睡衣同样令人难忘。我在八十年代一部纪念毛主席诞辰或逝世多少周年的电视纪录片里见过。

党和国家领导人穿补丁衣乃是一种自主选择，关乎物质的有限，更关乎精神的坚守，后来的报道突出的也是这一点。在老百姓方面，虽也不乏勤俭节约的坚守，然当时大体上这是一个纯物质的问题。

破旧是缝补的前奏

衣服若也可以赋予生命，应该是由新而旧，因旧而补。现如今一件衣服至多穿到旧，若说这就算"物尽其用"，二十世纪六七十年代时我们中国人的衣服岂是"物尽其用"四字足以尽之的？

说补丁，不妨追溯到新衣。那时年纪小，我有印象者大体限于同龄人的世界，成人世界可以免谈。新衣之不寻常，可从我们的反应中得其一二。平日难得见到有人穿新衣，倘谁着了新装到学校，就很有几分扎眼。在男生，讥嘲调侃几乎是免不了的，通常是起哄："哟，新衣服嘛！""乖乖，崭新崭新！""你家真有钱哟。"还有人上来摸一把，扯一下，或作势要将脏手伸过来打上黑手印。

小学时有一同班同学就受过这"待遇"。那次他穿了件咖啡色灯芯绒的新夹克，在一众着破旧衣服的小孩中很是突兀。很少有人在被起哄之下仍能泰然自若，他的兴奋得意马上就变成窘态，到最后他恼羞成怒，要和人打架。后来他还告诉我，高我们一年级有位挺横的家伙曾要求借去穿两天，不答应就修理他。其实没有这番惊吓，他也不会再穿到学校里来了，但他接下来几日在放学回家路上依然忐忑不安，幸而那家伙也许是再未见到新衣，把这茬给忘了。

当然，这样的事儿不多，对大多数人而言，穿新衣大体上是一年一遇的事。这"一遇"是在每年的春节——小孩可以有保障地指望得到新衣，也就是这时候。大年初一穿新衣是过年的一种习俗，"文革"期间"破旧立新"，倡导"过一个革命化的春节"，祭拜祖先之类的确废止了，但穿新衣、放鞭炮却还在延续。日子再怎么窘迫，总得让小孩有新衣穿，无力做到"崭新"，也要变着法子出新，多半是将大人不太旧的衣服改一下，以旧翻新，也算是沾了"新"的边了。

过年在冬天，这时候的南京还很冷，得穿棉袄棉裤，新衣因此必是冬衣。棉袄棉裤通常只有一套，一个冬天从头穿到尾，弄脏殆不可免，却又不能随意洗：不仅棉衣没有闲下的工夫，洗起来也颇费事，准确来说应叫作拆洗，因里面絮的棉花不能经水，须像洗被子一样先拆了再洗面子，洗一回就等于重做——故须有罩衫罩裤来加持。不独小孩如此，棉袄棉裤外套罩衫罩裤那时似乎是固定搭配，已成"体制"，连军队、警察发冬衣，都是袄与衫俱全。大多数人家过年时做不到让孩子"里外三新"，所谓"形象"之所重，又是形之于外者，自然都在罩衣上用力。即使是外面一层，从头新到脚也是力所不及的，而与下半身相比，上半身更是观瞻之所系，故我印象中大家普遍的选择，是首先力保罩衫是新的。

幼儿园阶段，比较常见的罩衣是一大围兜，袖口有松紧，背后的开口处系绳或装按扣，非得大人帮着穿。棉袄开口冲前，罩兜开口冲后，必得一件一件穿与脱。到上小学，衣服样式已向大人靠拢，除非换洗，穿与脱时袄与衫都是二位一体。

　　不论是罩兜还是罩衫，作为新衣，大年三十这一天总得准备就绪，如同年货必须备办停当。当然即使早已买好、做好了放在那里，也不许提前上身，必待第二天早上起床时再"焕然一新"。这种等待充分酝酿出对新衣的向往之诚，女孩翘首以待不必说，男孩也不无期待。我对过年穿新衣颇有意见，是别有原因的：起先是因反感罩兜，穿上身感觉像被捆了起来，而且一看就是个小把戏。（有这意识是在六岁上大班时，正值"文革"开始，此前好像还不大穿补丁衣，这以后则新衣变得越发珍稀了。）上学后，我又觉大年初一约好了似的，不迟不早大家一起穿新衣有点冒傻气。

　　但是我不反对女孩穿新衣：男的穿衣大多不讲究，穿新衣最好也不要那么显；女的更注重穿衣和打扮，不妨隆重些或仪式化。到寒假结束，不少女生身上穿的还是过节的新衣，花红柳绿的，人着新衣精神爽，叽叽喳喳的，就比平日多几分热闹。男生的新衣从色彩到样式都很单一，无甚可看。女生虽因有棉袄罩衫的限定，衣服似乎多是用细洋布做成近乎中装的样子，却可以有图案、色彩的较大变化，或格，或纹，或花，红黄蓝绿，无所不可，总之是"花褂子"。

　　新衣难得，大人授衣之时，自有很多嘱咐，要之不可钉着总是穿，穿时要小心，有些地方不能去。然而拢共就几件行头，大家再怎么小心翼翼，新衣还是不可避免地往旧里走，旧了也就离破不远了。变旧的同时，衣服也在以很快的速度变小，因为人在长大。若家有弟弟妹妹，一个传一个，可以遭递下去，当然也可自加变通继续穿。比如棉袄罩衫小了可当作春秋衫穿，再往后还可当作内穿的衬衣。

这些我原是不知道的。中学时有个跟我关系不错、家境很好的同学将他发现的这个秘密告诉我，说坐他前排的漂亮女生一件衣服哪个季节都能穿。他说时口气里有几分鄙夷，表情却有几分怜惜。我回想了一下，再看看那女生毛线衣里露出的领子，图案确乎与她过去穿的棉袄罩衣一样。那同学后来又把他发现的这个秘密对别人说起，却受到一通嘲笑：怎么会留意这些鸡毛蒜皮之事，对人家有意思吧？

145
补丁

由棉而单，由外而内，这只是用途的转换，并未涉及对衣物的改造。说改造，上衣难点，裤子就相对容易，我说的是长度的改变。正当发育期，原先盖着脚面的裤脚似乎眨眼间就吊在了脚踝以上。裤子比上衣更易显小，也就比上衣更架不住新旧的更替。改造从腰和裤脚这两头都可以进行，以放裤脚为易，故最常见的是把裤边给放直了，齐着底边再镶上一圈布，再不行就干脆加上一截。此种几截头加长版的裤子，同学中很多人都穿过。

这已经近于"补"，但严格说起来却还不属于"补丁"的范畴：补丁起于"破"，给裤子接上一截，却不是因为"破"。只是穿到这个分儿上，纵使不破，也离破不远了。

改过了，补过了，最后不穿了，也不会就此扔弃，旧衣、破衣还可以其他身份为主人服务：拆剪了可做他用，比如作为随时可能起用的补丁，或者沦为抹布、拖把布。

样板戏里的补丁

前面说过，大家普遍贫困，穿补丁衣并不是丢人的事。但这不等于说，我们对补丁就没个计较——可以说这是一种美学的计较。今人或觉可笑：已然沦为补丁衣了，还有什么可讲究的，还能分出什么高下？事实是，爱美之心人皆有之，且不会因条件限制而稍减，有什么样的条件，就会在那条件之上形成对美的要求。

衣服并非一有补丁便无足观，天性爱美的女孩不用说，男孩对显山露水补得太糟的补丁也会老大不乐意，甚至于拒穿，至少这种事在我身上就发生过。

在我看来，衣服补得好与不好是大有差别的，上者与下者间相去不可以道里计。说到底，对补丁的计较根源是不想穿打补丁的衣服，故打补丁的最高境界是衣服好像没补过。八十年代南京街头常可见到一些女子在面前立一硬纸板，上有"织补"字样，人称"补袜子的"，其实她们不仅补袜子，也补衣服。名为"织补"，是以"织"来"补"的：用个类于绣花用的小圆绷子将破损处绷起来，找出质地、颜色相近的线，一针一针地补，就像绣花。织补好了若不盯着看，一点看不出来。我小时却没见过干这行的（八十年代干这私活的也还常被驱赶），而且我们穿的那些衣服根本不值得费这事，以我们踢天弄井制造出的窟窿，想来用此法也没法收拾。

分析起来，我那时所做的大体划分可能是手工补和缝纫机补。前者之落伍与后者之"先进"，不言自明。倘是织补那样的细活，我绝不会有意见，问题是我所见识过的补丁，凡手工补，必是相当戏剧化，"能见度"极高。若对此全无概念，可以回想一下以解放前的旧社会为背景的老电影，那里面穷人亦即"劳动人民"大都穿着打补丁的衣服，肩上、袖子、衣襟、膝盖、臀部，总之各个位置都会出现大块醒目的补丁。

这样的补丁是从外面缝上去的，占位很大，大面积覆盖破损处，通常与衣服颜色不一，自然不容忽略。我印象深的是样板戏里的补丁，因为看的遍数多。样板戏既写实又浪漫，具体体现于人物的服装，包括上面的补丁。京剧、芭蕾都是高度程式化的，样板戏里人物的服装却相当生活化，补丁也照样出现，这当然是近于写实，但补丁的位置、大小、色彩搭配又符合某种美感，而且相当超现实的是，那些补丁非常服帖，像是仔细熨烫过，又近乎一尘不染，有着特有的整饬。

补丁见出"穷"，整饬见出勤劳，这恰是对"劳动人民"的具象化诠释。顺便说一句，反映解放后新社会生活的电影、戏剧，补丁就大体上消失了，"新旧社会两重天"在这样的细微处也得到落实。《龙须沟》里的服装倒是高度写实的，印象中到最后程疯子和邻居们的衣服上仍不乏补丁,这也好解释:龙须沟的人过去旧社会时"衣衫褴褛",进入"新社会"虽有补丁,衣服却变得整洁起来,因为人已另是一种"精神面貌"了。

补丁美学

即使服帖如样板戏里的衣服补丁,也还是补丁,何况我面对的还是我们家老阿姨缝的补丁,自然尤其不能容忍。

上小学时,有次在外面玩"官兵捉强盗"跌了一跤,裤子膝盖处破了一寸长的口子。回到家自有责骂在等着,让我害怕的却不是这个,而是老阿姨当即拿过一只针线筐箩,叫我脱下让她补。那样用柳条编的针线筐箩似乎当时家家户户都有一个,针线顶针之外,还有许多颜色、大小不一的碎布头,自己纳鞋底的则还外加一只半成品的鞋底。老阿姨偶尔也纳鞋底,谢天谢地,限于纳她自己的鞋底,虽然我对老家偶或捎来的鞋底也反感,她纳的鞋底则更不像样。她的针线活一如她的烧菜,都是无比粗放的风格。

我裤子只破了一寸的口子,她找出的是一条足有三寸长的布,裤子是灰色的,那布条却是蓝色的,可以想象补好后将是怎样的引人注目。我急了,谎称外出有急事,说可以等到晚上补——这是缓兵之计,拖延到晚上,说不定可以落入妈妈之手。但老阿姨不为所动,声称不马上补,洞会越来越大。我请她换个布条的建议她也未予采纳,反倒将我的心思一眼看穿:

"打补丁,要什么好看? 要牢,要结实。要'艰苦朴素',你不懂啊? !"我想跟她说,这与艰苦朴素没关系,但我知道这道理跟她是讲不清的,只得眼睁睁看着她粗针粗线补好,气愤无比却很无奈。

与其穿着这样的补丁招摇过市,不如干脆不补由它去。事实上那时没多少课没多少作业,小男生整天在户外疯,穿来穿去又都是那几件,极易破损,补不胜补,经常就保持着原生态。膝盖、肘部划着口子,动起来一开一合,可见里面的内衣,单穿时甚至不时露肉,至于袖口磨得惨不忍睹,恍如悬一束线圈,或纵向垂下丝丝缕缕,则更不在话下。

对于大人们,我最记得的是领子翻起处常被磨破,露出白色的里子,里外三层作夹心状。以我之见,这都可以视为"艰苦朴素",加上一点不在乎。保持原生态当然不大妙,但比东一块西一块地缀上补丁要好,尤其是穿上老阿姨炮制的那种夸张的补丁,跟旧社会的贫苦人似的。此前她给我在袖口处补过一回,已经招致一女生的嘲笑,后来衣服破了我就小心不让她发现,哪知这一日失于防范,让她逮个正着。我能做的,就是日后尽可能赖着少穿这条裤子。

幸而到中学这个更要面子的时期,老阿姨已经眼力不济,衣服破了大多是母亲用缝纫机来补了。那时城里的孩子大都和我一样,有一种机器崇拜,到处是手工痕迹的时代,我们对手工的兴趣却似乎只限于围观弹棉花、炸油条之类,对手工的产品大抵是鄙视。缝补的机械化令我心生敬意,或者就是因此之故，我印象中补丁有着高下之分，好印象都记到了后者的账上。

手工补是从外面缝上去，缝纫机干这活则是从里面衬一块布，此其一。手工补是在补丁周围缝上一圈，至多在中央针对破损处加几针；缝纫机是一圈一圈，补得严丝合缝，此其二。结实服帖方面是不用说了，手工缝的有时会因某处绽了线、张了嘴于是披披挂挂、迎风招摇，缝纫机缝的就再无此事。更重要的，缝纫机能令补丁由显而隐，不那么触目，即使衬在里面的布有色差，也只是破损处露出一点点，若破的是一道缝，拼拢了再衬上块布，甚至看上去只见一圈一圈的针脚。

上中学时看到的补丁多属此类，男生差不多无一幸免。最大亦最常见的补丁出现在屁股上。每日得在板凳上坐数小时，我们又很少能有"坐如钟"的时候，与板凳的厮磨定然倍于大人，这里遂成为衣服的薄弱环节，与同样容易破损的袖口、胳膊肘处相比，面积、承重都过之，在缝补时尤有额外加固的必要。所以从背后看，我们很多人裤子臀部那儿都有加厚的一块，一圈一圈，像是射击训练用的靶子，也像简笔画中树木的年轮。对此我原是没有意见的，既然补丁师已经由我碍难接受的老阿姨换作了使缝纫机的母亲。

问题在于我后来发现，机补就像手补一样，也有高下之别。手巧又注重形象的人可以有各种的招数让补过的衣服亦有体面，比如将破了的袖口、领子掉个面里外倒置一下，或是裤子膝盖破了，将前片换作后片，等等。也是巧合，衣服做过如此闪转腾挪处理的，小学中学都遇到过，家长则都是上海人。

若非别的同学说起,我根本不知道,因为那改头换面的处理若不留心看不大出来。大多同学常孤立上海来的,认定其小气、心眼多,还有其他一些莫须有的罪名,如此捯饬衣服也算是一端。我的鄙视还有另外"革命"的理由:在这些小地方弄机巧,太恋恋于"小日子"了吧,何来"远大理想"?但私底下我却是羡慕,虽然未加澄清,我肯定是遗憾母亲没有这样的手段。就算有程度之差、精粗之别,在结实牢靠第一这一点上,母亲和老阿姨不谋而合,而在我眼里,单是这一点,我的补丁就已落了下乘。

当然这么说是夸大其词了。毕竟补丁应该是个让女性更纠结的问题,既然女性对"穿"从来都是更为重视的。倒是可以推想,在补丁问题上,男性犹如此,女性该当如何?张爱玲在自传性散文中将早年穿衣所遭遇的那种不欲明言、难以明言的羞愤形容尽致,但她关于穿衣的"问题意识"肯定不涉补丁这一项。任是生在没落之家,不受继母待见,张爱玲也没落到穿补丁衣的地步。但我读中小学时,则男生、女生不分生于何种家庭,衣服上从不见补丁者,少而又少。

但和男生比起来,女生身上的补丁通常要隐蔽得多。首先是她们对衣服的呵护远过于男生。印象很深的是,天气较冷的时候,好多女生都戴起了护袖。护袖原本是劳作时用于保护的,今天似乎只是厨房里的标配,当年则相当普遍,而且是走到哪儿戴到哪儿,如同衣服的一部分。男生中若有谁戴将起来,十有八九会受到嘲笑——那是有女性化嫌疑的。此外女生多安静仔细,不似男生张牙舞爪,干什么都天生有"暴力"倾向,衣服的完好率自然大为提升。破旧的大趋势却仍在:衣袖有护袖加持,裤子总不能再加个护套吧?起坐之处的补丁遂不能免。

有次上学路上,和班里一位怜香惜玉的男生同行,前面正好是班里家境较好、穿着一直算出挑的那位女生。这哥们儿忽然对我示意道:她衣服上也有补丁了。言语之中满是惋惜。在他心目中,那女生就是《钢铁是怎样炼成的》里的冬妮娅,他自己平日破衣烂裳不以为意,偏是不能容忍"冬妮娅"打起补丁来。事实上,她身上的补丁一点也不触目。与我们相比,补丁在女生们那里似乎总是轻描淡写的,或是大人缝补之时区别对待,又或是她们有特殊的要求也未可知。

这位"冬妮娅"在穿衣上的"不俗",可以某次年级组老师找她谈话为证。事件的起因是她穿了件呢外套到学校。那时候,呢料的衣服不要说穿在小孩身上,就是大人穿,也是特别显眼的,不下今日穿奢侈品牌,恐怕还犹有过之。她忽然"奢侈"起来,其实是旧物再利用,这件呢外套乃是用她母亲的旧衣改成的。虽然如此,衣服依然抢眼。假如她是"普通群众",或者也就罢了,但她是学生干部,就须从严要求。老师找她谈话的要旨,是让她"注意影响"。其时有"批评与自我批评"一说,学生干部动辄开会"互相帮助""提高认识",我不记得她是否面对过更上纲上线的指责。我知道的是,团组织讨论她的入团问题时,说是要再"考验考验",这多多少少也是被呢外套所累。因穿着"奢侈"引来嘲讽是常有的事,男生会起哄,女生会或明或暗鄙夷"臭美"。但老师特意找谈话之类,令这事具有了无可置疑的严肃性。

那件呢子衣服自然没有补丁,这里将之牵扯进来,实因它与我们的补丁美学形成了某种奇异的镜像关系。补丁美学的至高境界,是补了像没补一样。"冬妮娅"的呢外套已远超旁人的想象,但顺着补丁美学逻辑推下去,这不就是为了摆脱补丁,拥有新衣、好衣吗?

当然,在一个号称"灵魂深处爆发革命"的时代,什么荒唐事都可能发生,补丁本身被膜拜的事情也是有的。这事出在一个高年级女生身上。据说她出身于剥削阶级,家底子很厚,没咋穿过很旧的衣服。偏偏她是个上进心很强的人,也不知是穿衣上受到了指责,还是忽然发现同学衣服上都有补丁,总之她以家庭富有为耻,一定要穿打补丁的衣服,在家里翻箱倒柜,居然没有,结果硬是将好好的衣服剪了口子,人为制造了一个补丁。由于从没做过针线活,补丁弄得难看至极,但她就那么穿到了学校。大家本对补丁衣服习以为常,但她穿来就特别触目,不过她不惧异样的眼光和窃笑,无端有点大义凛然的风范。

这事我是听来的,说的人将之当作笑谈,当时恐怕却是佳话。我很好奇好好的衣服,她会对哪个部位下手。如何让补丁隐而不彰显然非她所计,没有补丁就造出补丁,她的立意就是反补丁美学的。对她而言,补丁已是革命的象征。

与"住"有关

打家具

我的导师家里有一小柜和小板凳,多次搬家后一直没扔。导师去世后,师母也一直留着,舍不得丢掉。因为那是导师手工打制的,为二十世纪七十年代中期"作品"。老师"文革"前即已在学界成名,运动中是被批斗的对象,想不到那时被废了学术的武功,趁机在家学起了木匠活。

这也是谋"公"不成,转而谋"私"吧。事实上到"文革"后期,"抓革命"已泄气,"促生产"无从说起,谋"私"的氛围则在社会上悄悄弥漫,"小日子"终于"浮出水面":有小动作,尤其女性,老老少少,热衷于钩织花边、桌布之类;有大动作,比如好像忽然之间兴起了一股打家具的风。不是买家具,大体上也不是像我导师那样自己动手,而是请师傅到家里做。若是在"文革"高潮期,如此谋"私",大概是要被揭发批判的,此时也没人管了。

打家具的全过程,应该是从倒腾木材开始。我们家里木材倒是现成的,因有个姨娘在闽西的林场工作,不知想了什么办法,千里迢迢运了不少木料来。很长时间,它们就在房间角落、床肚里堆着,几年过后,经母亲同事的介绍,终于有师傅要上门来打家具。用"终于"二字,似乎我一直是有所待的。事实上也是,我希望有一个书橱——书房是不敢想象的。这让我干跑腿、打下手之类的活时较平日被支派干家务有更大的动力。

最费时费劲儿的活是正式开工之前把木材运到老远的锯木场去开料,就是分解成做腿的、做撑的、做面的料。待运回来,家里立马大乱,墙上、地上横七竖八全是木料,或斜倚,或平躺。说是要透气、晾干,否则到时会变形。不能曝晒,又要通风,我们便不时搬来搬去。

我不知三夹板、五夹板或纤维板这些板材是何时在家具上普遍使用的,反正我们家的大橱柜,背板都是木头一块块拼起来的,绝对是实木材质、纯手工打制,也绝对费事。钉枪之类现在木工所用的寻常装备,太现代了,当时根本没影子。木匠师傅所凭仗的就是锯子、刨子、凿子、墨斗……印象里家中每日都是一大堆刨花。就连镶在橱上的半圆条都是刨出来的。据说看师傅手艺如何,主要就是看榫头做得如何,能不能刨出圆形来。榫头我看不出名堂,只是不用车床车削,就凭刨子能刨得那么圆,让我觉得不可思议。

我家请的师傅姓张,三十来岁,江都那边的人,长年在外做活,戴副黑框眼镜,不像乡下人,像城里的老青工。论年纪,我不该叫他"小张",只是大人都这么叫,我也就"小张""小张"叫上了。小张带着个徒弟住在南京一亲戚家,由人介绍,这家做完了做那家,因手艺好,往往这边还没完工,下家就来请了。按一般的规矩,主人需要按天给工钱,外加管午饭。据说这顿饭得管好了,否则师傅给你磨洋工。后来看到小说或他人回忆文章里写地主如何好吃好喝招待打短工的,不期然我就联想到家里打家具时的情形,不由发笑:一不小心就当了一把"剥削阶级"。

家里的饭食确乎比平日要好些,一下添两个壮汉吃饭,不能像自家人那样将就,还专门让退休的姨妈来掌灶。小张那边也看不出半点怠惰,徒弟稍稍手脚慢点,小张便要训斥。平日他是不大吱声的,一桌吃饭时也只闷头吃。问他话,他也只接个一两句。唯独进入最后一道工序——打磨家具表面了,他主动跟我说起这活最苦最累。说话时他正拿砂纸使劲儿摩擦着,一头一脸的灰,心情却是大好,想来是因为就要完工了。

我们家于是有了好几件"捷克式"家具。这是当年的流行款,边框突出,有点镜框式,不拘立柜、书柜、书桌,都是上粗下细八字张开的圆腿——有个名目,叫"钢琴腿",与此前时兴的"老虎腿"判然有别。我后来留意钢琴的腿,没见过那样的,也不知此名从何而来。事实上,连"捷克式"之称是其来有自,还是胡乱附会,我到现在也不知道。只知道不管哪款哪式,小张都能做。其时还时兴一种说茶几不是茶几,说饭桌不是饭桌的"宫灯桌":下面一底,中间一"柱"做成小柜,托着镶着边的四方桌边,确有几分宫灯的模样。我以为很复杂,问小张会不会做,小张嘿嘿一笑，很少见地露出不屑的神情。

小张的手艺应该是早已没了用武之地，因为至少在城市里，再没有打家具一说了。

接龙房

说接龙房是一个行将消失的概念，恐怕还言之过早，然而我想，现在一门心思惦着买房的年轻人，多半已是不知所指了。进入市场的住房称为"商品房"，买到手就是你的私人财产，接龙房却是公房的派生物——二十世纪九十年代以前，只要是"公家人"，都是住单位分配的公房，少有例外。公房不敷分配，只能按照级别、工龄、资历等杠杠排排坐、吃果果，等着前面出缺。前面的人搬入新房子或面积更大的房子，后面的就有机会顶上去，这过程似接龙，那不断更换着主人的房子，自然便是接龙房。

放在今日，接龙房怕是要遭鄙视的，当年则能分到房已是天大的喜事。通常的情形，结婚才有分房的资格，单身阶段唯有住集体宿舍。就是说，有了家庭，方能升格为"住家户"，拥有私人空间。

不过，彼时的"私人空间"绝对不乏公共性。九十年代初我毕业留校，和大多数年轻教师一样，接龙的第一站乃是筒子楼。筒子楼原是兵营式建筑，直通到头的走廊状如筒子，两边是一样大的十几平方米的房间，有公共厕所加水房，典型的集体宿舍格局，因住房紧张，用来住家，这才有了"筒子楼"之号。这样的所在，并无厨房之设，于是家家户户在门口自垒炉灶。如厕共赴一地，炒菜之声相闻，倒似集体生活以另一种方式在延续。

筒子楼是接龙房的最低端，稍高点，还可"接"合住的单元房：原本设计给一户住的房子，塞两家人进去。厕所、厨房仍是共享式，然在我辈住筒子楼的看来，单是无须大冬天夜里穿过长长的走廊去如厕这一点，也就有云泥之别了，何况还免了住筒子楼的"众目睽睽"呢？住在里面的人却不作此想。我有个同事抱怨说，住筒子楼也就罢了，反正像集体生活，合住单元房，应该关起门来是一家的，却又不是。这样强制性的亲密接触，若是两家不对付，等于关起门来发酵仇恨。就算相安无事，如此每日封闭空间里低头不见抬头见的，也是一种负担。厕所你进我出的，遇上内急，家人间可以在外"晓谕"，若是里面是外人，总是尴尬。总之吃喝拉撒，均是近距离相互观察，躲都躲不掉，哪有私密可言？

照他这么说，我没经过合住单元房这一站，倒是幸事。在住了六年筒子楼之后，我终于分到一处两室一厅的独立单元房。这时装修之风已然兴起，接龙房虽非己有，住上几年，还得走人，然此时"接"的举措复杂起来，家家户户都在努力让"接"到的旧房焕然一新，却没想到装修会给后续的接龙埋下隐患。其实交接之事，过去并非就一概顺利，前面的"住况"太差，又或损坏了设施之类，后面的便要论理。装修之后，接龙房的交接更显复杂。我有一邻居,住的也是两室一厅,花了四五万元精装修,且他们住得又仔细,几年过去,仍是簇新的一个家。通常情况,交接双方之间会有个商议。邻居说,就抵两万吧,偏偏接房的一毛不拔,一口咬定他要全部重装,要钱没有,有本事你把装修带走。邻居一怒之下,把好好的装修砸得一片狼藉。这当然是比较极端的例子,但据我所知,交接房引起的纠纷委实不少。

装修史前史

一

一直想写篇长文说装修,题目都有了,就叫"装修小史"。之所以要长篇大论,实因国人在这上面的全情投入,世界范围内恐怕罕有其匹。一辈子,也许自己能拍板的事,唯此为大,焉能草草? 由此生出的无数故事,真是可歌可泣,当然你若说成可气可怜可笑,亦无不可。

但这实在是说来话长,舍难就易,不如来说说"史前史"。我指的是装修公司正式登场前的一个阶段,特点就是小打小闹,带有亲力亲为的"业余"性质,与正经的装修相比,绝对是"因陋就简"。分界线,我觉得是商品房的出现,在那以前,房子是公家的接龙房,不知何时就要搬走,而装修是带不走的。此外,大家都还在脱贫时期,要求不高,也没那么多闲钱。

初级阶段,大体内容就是分了房入住时重新粉刷墙壁,外加"做地平",齐活。要么自己动手,要不就是找亲朋帮忙。最典型的是刷墙。借个滚筒刷，绑在长棍或竹竿上，买来涂料，便可撸起袖子加油干。事实上，粉刷之前袖子已然撸起——要把原先的墙皮铲干净了，涂料才附着得牢。这是更费力的活计，最麻烦的是天花板，不止一次去访友时见到他们做小工的情形：骑站在人字梯上，灰头土脸自不必说，下面是一地墙皮。

石灰水过时了，这时用的是涂料，据说跟漆一样，再不会一碰就掉粉，蹭一下衣服上就一片白。街上常见有人拎个家伙，或是缚在自行车书包架上，黏稠的白色在内中荡漾。多少面积用多少都是有算计的，零着买，宁可不够再跑一趟。

"做地平"则是技术活了。多数房子都是水泥地，原先水泥标号低，活做得粗，地面不平，或是有小坑小洼什么的，在所难免，"做地平"就是再抹一层细水泥，把地面弄平整光滑，再罩上一层漆。待有地贴出现，便有了更省事的办法：买来往地上一铺，有个名目，号称"塑料地板"，又有化纤地板者，也是一样。总之一墙一地，侍弄一番，不让裸着，便是最因陋就简、最原始的装修。

早先往往只是分得一间房，也要折腾的。待分得了单元房，自然项目增多，厨房、厕所贴瓷砖铺马赛克乃为大项。这活更是自己办不了的，需请人。二十世纪八十年代，装修公司还没影子，"半包""全包"都无从说起，即或有，也请不起。大家都是通过熟人找建筑队的人忙里偷闲干私活，转弯抹角最终居然也都能找得着。

请了人，你也不会闲着，时不时你要打个下手，端茶递烟地照应，还有，缺点儿什么，你得赶紧往材料店里跑，总之是随时待命的状态。这才见出"史前史"与步入专业化的"正史"的区别。有个同事于一九九二年装修房子，接龙的房子原是简装过的，唯卫生间、厨房瓷砖只贴到墙腰，这也是此前普遍的标准——一直贴到墙顶，未免太奢侈。我同事讲究，决意超前一下，却也不肯敲掉原先的瓷砖，便买了同样的瓷砖贴上去。厨房里原先的瓷砖缝里满是油垢，夫妻俩遂在工人撤离后花几天工夫一道缝一道缝地清理。何为装修中的节省原则，何为"自力更生"，这里也就可见一斑了。

二

装修之风从"青萍之末"到呈席卷之势，有一个逐步升级的过程，以今视昨，当年的小打小闹，你都不好意思说是装修。铺木地板就可算是一次大的升级换代，先是大家不约而同都铺拼花地板：约一尺长、四五厘米宽、一两厘米厚的木条拼成方块，方块横竖相间、纵横之际成了图案。过一阵木地板又升级，画风陡变，开始时兴长条的地板。免去了一小块一小块"拼图"的麻烦，工艺却趋于复杂。拼花地板是铺瓷砖一般贴着地用胶粘，长条地板则是先打龙骨，再把木板钉上去，悬空的，果然是"升"了。

时风所染，我亦参与其中。置身事外时，浑然不觉，一旦成为"圈内人"，我感觉到装修已成城市生活的主旋律。事实上，越到后来才越是登峰造极，然而带有"自力更生"色彩的装修阶段,看上去却更是轰轰烈烈,因专业化之后,仿佛也有了隐蔽性,装修之地才留有痕迹,彼时则满大街都可见装修材料,三轮车乃至自行车是运输的主力,什么瓷砖、地板、油漆、乳胶漆、踢脚线之类,没遮没拦,一览无余。

这时候已然要更多借助外力了,地板铺好了要刨平,单这一项,就非木工不可,铺地砖则要泥瓦匠,布电线则要电工。这三类人的组合,就是初期的装修队。"自力"的内容降为以买材料为主——也不是省力气的活,大宗的不必说,奔大型装饰商场(通常设在市区边缘)就需长途跋涉。有一回在街上遇一同事,他的新家在南京锁金村一带,跑到装饰商场聚集的水西门买材料,几乎斜穿整个南京城。三轮车上木材堆得危乎高哉,长长的踢脚线探出去老远,他骑了自行车在一旁押运,车把和后座上挂着、缚着各种零碎。三轮车运力有限,据他说还得跑好几趟。还不止此,电线差几米,铰链少几个,又或水泥不够,等等,装修工人一声令下,马上颠颠跑去采买。好在其时街头巷尾,卖五金油漆之类的小店应运而生,不必劳师远征。

第一次共襄装修盛举,我还住在父母处,是已住了几年的房子,搬进来整理了一下,这会儿要铺地板,算是二次装修吧——也是好多人家都在重装,我们跟着凑凑热闹。牵一发而动全身,工人来了一看,说墙也得重刷。还有,都铺木地板了,这拉线开关拖拖挂挂,不像样啊,得换开关,走暗线。于是乎家翻宅乱。要命的是人还得住在里面,只能先搞这两间,完了再搞另外两间。一时间我们家成了"一家两制"的局面:一边住人，一边是工地。住人的房间门口，装修材料成堆，另一边是工人进进出出叮叮咚咚在干活，故也可以说，我们差不多等于住在工地上。待头两间弄完，还不能马上换屋，要等漆干，于是饱受油漆味的刺激。

我们却也不以为苦，新家的味道是兴旺之兆啊。

"行"的记忆

母亲的自行车

我当年认为我家挺富有,我的同学、邻居小伙伴之类也这么看。证据是,我家有两辆自行车。

父亲的那辆是英国货,兰铃牌。听起来出身高贵,我见到时却已是锈迹斑斑,镀的那层"克鲁米"(铬)已没影了。原是公家的,后来给了个人。公家怎么会有这么辆老掉牙的车,一直是个谜。母亲的那辆是国货,永久牌,绿色,男式,有大杠。问母亲为何不买女式车,回答是女式车看上去不结实。

是不是大杠的存在妨碍了母亲掌握上下车的技能,她自己也说不清楚了。那时的习惯,不是车定在那儿跨骑上去,得一脚踩脚踏一脚蹬的"蹬"起来再上座。车买来了,急切间学不会,形势又很迫切,如何是好?她说,硬骑啊。

所谓"硬骑",就是由人扶着她上车,到单位再由人扶着下来。其时我家住在南京大行宫,母亲上班的玄武区交通局在珠江路上。她有两三个同事，家与我们住的大院只隔一条马路，每天上班，必有一同事事先说好了，先过我们家，扶了母亲上车，看骑稳了，再骑上车跟进。路上护驾倒不必，关键是快到单位了，得快骑上一阵，到那边放下车回过头来"接驾"。这边母亲眼看就要到了，便不再蹬，降下速度，等着同事拦截。是像舰载飞机降落时的迎面拦截，还是抄到后面稳住车，她倒记不得了。

有大半年时间，她就是这样在同事助力之下骑车上下班的，直到某次在单位值班，她忽然发愿要学会上下车，居然没费多大事，会了。她那前呼后拥的骑行史，终于告一段落。

好多年后，遥想当年的情景，我忽然生一疑问：要是路上遇红灯等突发情况，同事不及下车帮扶，那可咋办？她说，绕道走啊。

就是说，一见红灯，就不惦着过街了，顺着道就右转，找没红灯的地方再兜回头。这在现在简直不可想象，她骑的路段绝对是闹市，哪个路口不是挤得水泄不通？当年则是路旷车稀，否则以她的车技，真不敢上路。

母亲的那辆车后来我骑过，却并不知这车和我的出生有什么因果关系。事实上是有的。原先她上班都是挤公交，待我出生了，下班要赶着回家喂奶，公交车班次少，不知等到何时，来了还未必挤得上。为了不耽误时间，且免我长久处于"嗷嗷待哺"的状态，她便骑着这车心惊胆战上了路。至于她下决心买车，则更在我尚未坠地之前，乃是被挤公交逼的。据母亲描述，大着肚子挤公交相当恐怖，挤上去已属不易，下车也是难事，经常是大半个身子已出重围，肚子还在里面。

这就解释了我何以对父亲的那辆破旧老车颇是鄙夷，而对母亲的车则更有好感，原来它关乎我最初的营养和发育——虽然知道母亲的早年骑车史，已是在她九十岁的时候。

挤公交

好几年前，有一首民谣在南京火过一阵，叫作《挤公交》。用南京方言唱，但事实上里面描述的情形，各地都差不多——挤公交在哪里都是桩让人撮火又无奈的事。凭一句"刷卡太快请重刷"，可以料定作者当是"八〇后"年轻人，因为到九十年代乘公交才有投币、刷卡一说。

之前都是售票员卖票。车上有一座席，位在后门口，如驾驶员一样，与乘客区隔开来，这是专为售票员而设，不同处是留一豁口出入。至于这一隅之地较别处高一台阶，初衷是不是便于售票员眼观六路，将逃票者一举拿获，不得而知。但逃票者是有的，乘公交隔三岔五，便会遇上一回。但售票员最艰巨的活还是高峰时扎进人堆里卖票查票：塞得沙丁鱼罐头似的车厢里，挪动一下都千难万难，要从前走到后，从后走到前，你觉得简直是不可能的，但售票员一路嚷着"让一让！让一让！"，愣是挤出一条路来。

也有守着据点凭着调度的本事把事办了的，这时"让一让"

变成了"递下子，帮忙递下子"。于是近处的乘客充了传递员，接了那边乘客的钱递过来，再把售票员撕下的票递过去。车票是一指来宽的小纸条，按照面值一沓一沓排开，夹在一块票板上，卖一张，撕一张。我小时候，南京乘公交起价是四分钱，再往上到八分、一角二，八十年代变成了五分、一角五……其时北京、上海按照坐多少站票价有更细的划分。

一直在说售票员如何卖票，就"挤公交"这个话题而言，似有跑偏之嫌，其实售票过程之"道路曲折"，正见出公车上怎一个"挤"字了得。不少的摩擦、冲突就是挤出来的。比如售票员点名让人买票："那个戴蓝帽子的，买票啊！自觉点啊！"（售票员根据长相、衣饰特征识人且命名的能力超强。）在拥挤的车上卖票实在是累，往往说话间就自带几分不悦。被点到的立马不乐意："哪个不自觉？挤成这样，哪动得了啊！"他未必是在找借口，是真的挤，挤到完成伸手到口袋里掏钱这样的动作也十分艰难。动作幅度大点胳膊肘杵了旁边的人，没准儿便会招来埋怨或是怒目。

饶是售票员记性好，这么多乘客，又是不断地上上下下，买票没买票，哪能记得清？所以还得查票。查票之艰难，一点不亚于卖票，对双方都是如此。你若买了票就揣兜里，待要出示，千难万难，不知放哪个兜里了，掏上掏下更是狼狈。故好多人就捏在手里。最好是捏在扶着横杆高擎着的那只手中，因另一只手在人群里，根本就动弹不得。有的年轻人将车票叼在嘴上，靠唾液将车票的一端粘在唇上。这不失为人我两便的法子:既是招摇于唇齿之间,也就不劳询问。当年的公车上,这也算是一景了,但适用范围不广,年纪大的人皆不取此法。又一条,是不论年纪大小,女性不为,年轻女子若是叼张车票,就很有被目为"女纰漏"的危险了。南京话里,"纰漏"用以指某类人时,是"二流子"的意思。

坐火车

回想几十年前坐火车,真正是"五味杂陈"。也不知为何,一想到,首先就是车厢里各种气味扑鼻而来,挥之不去。其实何止于"五味"? 脚臭味、汗酸味、烟味、酒味、吃食的味道、土特产的味道,甚至还有鸡屎味、尿骚味,尽皆混而为一,在车厢里发酵,熏得人百般难受。但不必细加体会了,说起来,这都是因为挤。坐火车,怎一个"挤"字了得?

火车似乎是和出远门联系在一起的,挤公交当然也挤,毕竟时间短暂,不像在火车上,一坐十几个甚至几十个小时,吃喝拉撒睡,全在上面。我第一次坐火车,是小学组织去栖霞山郊游,大概二十公里不到。为何选择坐火车? 当时想不到问这个。一大帮人大呼小叫,厕所、洗脸池等处乱跑,忙于在火车上作种种"发现"。应该是短途车乘坐的人少,还领略不到"挤"的真相。

但从第二次去上海起,坐火车的严峻性便显现出来了。车厢里不要说跑,走也难。事实上不待登车,火车站里已是挤作一团，座椅上挤着人，旁边是站着的人，还有躺着的、睡着的，又加满目形状各异的行李，从铺盖卷到扁担箩筐，以今视昨，一派难民营的景象。及至登车，站台上的情形，用"兵荒马乱"来形容，一点不过分。为防止混乱，站台不让随便进，得买站台票，一张车票只许购一张站台票。售票处有一窗口，专门办这个。窗口大排长龙，因是"专卖"，内容单一，移动速度倒快，只是不时有人叮嘱前后的人帮留个位置，自己则立马蹿到买车票的队伍那边，打探转车或无人相送的乘客，借得火车票再蹿回，如此便可好几人一起送客送到底。

火车站里那么多的人，至少一半以上并非乘客，多是来送行的。几十年前，出一趟远门不易，"相见时难别亦难"，故有更多的送行场面；另一方面，送行又是必要的，因送行者常兼着护驾的差使。老幼必要护送着挤过人群到座位上，始觉心安；狼狈的行李须得安顿就位，一趟旅行，始得"成行"。故到火车站送往迎来，往往如承大事，设想周到的人会提议派出先遣队，即乘车人、送行人的大队人马开赴火车站之前，先遣人去买站台票，到候车室占座位。这还不算完，重头戏是待检票后以最快的速度冲进车厢，将行李放到架上。人是有座的，行李的占位则是先下手为强。坐火车不比坐飞机，行李并无限制，人多，出趟远门又不易，行李自然就多，行李架于是成为必争之地。要拎着重物从登车人群中脱颖而出，占得先机，非得是精壮小伙子不可。如若送的是妇孺老弱，这样的安排就尤有必要。

人已落座，行李就位，乘车的与送客的才都长舒一口气，好比结束了一场战役。接下来的才是隔着车窗挥手道别。当然，对漫长的火车旅行而言，这才是万里长征走完了第一步，对混乱、拥挤的体验，长着哩。

车厢座

不少咖啡馆、茶馆，还有简餐馆，餐位、座位都取"车厢座"的样式：一格一格，中间是条桌，两边是竖着的高高的挡板，与邻座隔开，座凳与挡板垂直，挡板同时也是靠背。不可斜倚是一病，好处是自成一统，虽一板之隔，却成一"包厢"，有那么点私密空间的味道。

"车厢座"的来历，对年纪大的人不言而喻，现今大城市的小孩却可能不知所云，因他们出则高铁、动车，绿皮火车没坐过，而"车厢座"恰是要落实到绿皮火车的一个概念——就是从那座位移植来的，也因此得名，当然得是硬座车厢的那种。我坐过的座位，有板条的，有蒙着各色人造革的，还有带着布套的，相向而坐，椅背笔直。车厢中间是一条仅容一人行走的通道，车厢座分设两旁，一边是三席，一边是两席，就是说，大"包厢"坐六人，小"包厢"坐四人。

车上空间当然没有咖啡馆里宽绰，从车窗下面伸出的悬空小桌只有短短一截，相向而坐的人几乎膝盖碰着膝盖，不经意间就有一种促膝谈心的氛围。最大的差别恰在这里：咖啡馆里的车厢座造就的是私密性，列车车厢里的正相反，成就了无比的公共性。咖啡馆里的"包厢",只要一人落座,除非熟人,再无人填补空白;火车上是由不得你的,即使有熟人同行,通常"包厢"是包不下来的,于是几个陌生人不由分说塞到了一起,长时间"面面相觑"。

就火车这样的公共场所而言,谈私密,似乎文不对题,不过座位如何设置,确乎引导人际关系以不同的方式展开。高铁上的座位像飞机上一样排排安放,人人前面是一椅背,首先就没了热络的氛围。固然有邻座,却少有人开聊,哪像车厢座里,大家迅即打成一片。后一种情形,多少和"人多势众"有关,一个"包厢"里出现热络人的概率大增。而且不比高铁上"擦肩而过"的短暂,绿皮火车从南京到上海快车也要六个多小时,长时间面对面而不发一语,好比撞个正着而不打招呼,谁都尴尬。

事实上,火车开动不久,"包厢"里的人没准儿就都自报过家门,大家就算认识了。接下来,吃饭、吃零食、打毛线、看书……所有的动作都在别人的注视之下。互通有无、问东问西,也变得自然而然、顺理成章。想避开亲密接触是不可能的,座位原本就挤,而且连着,并无界线,对面的人想舒展一下,还会把脚伸过这边椅上搁着,如是一双臭脚,也只能担待。

话虽如此,我对此种氛围,其实颇能享受。在那段时间里,你会遇到你平日不常遇到的三教九流、脾性各异的人,你得从习惯的圈里出来,加入到一个"混搭"的人群,而且是如此这般的亲密接触,真正是"开眼"。所谓"车厢社会",要以绿皮火车的硬座车厢最典型了吧?至少对我而言,那是社会的一种打开方式。

但我对车厢座也有不满。一是垂直的靠背,时间长了,靠得百般难受。还有一条是怕遇到自带压迫性的人。一九八四年我跟妹妹去湘西旅游,后来又转到衡山,在株洲上火车时,已吃不起车上的盒饭,车上十几小时,只能买几个大饼充饥。偏偏对面坐着一位白白胖胖的宁波老年妇女,从落座起就一路聒噪。更糟的是,她不住地吃各种零食,且要加以评点,如吃茶叶蛋,便夸赞如何如何入味。硬座席的人常是富于分享精神的,这一位则一直泰然自若地吃独食。吃,还要一赞三叹,对饥肠辘辘之人,实在是一种强烈刺激,车厢座内却是避无可避,必须"直面"。直面的结果,除了咽口水之外,是我全忘了对坐火车的好感,恶狠狠地想起萨特的一句名言:"他人即地狱。"

电瓶车

二十世纪八十年代以降,衣食住行四项,哪一样的变化都堪称天翻地覆。"行"的上面,以私人代步工具的演变而论,最是段落分明:自行车——摩托车——电瓶车——私家车。

这变化中,一开始我还能跟得上潮流,甚至是得风气之先,孰知关键性的一步掉了队。我指的是迈向私家车的关口,我落在了后面,到现在出行,老城区范围之内,还是电瓶车主打。

我之知有电瓶车,还是二十世纪七十年代初听姨父说起。他在贵州遵义工作,贵州多山,城市里也是上坡下坡,他说日后要弄上一辆电瓶车,不用蹬踏,跟摩托车似的,用电池,加油的麻烦也就免了。这位姨父特别能说,在很多亲戚面前都说过这事。不知为何,乡下亲戚对能说会道的就是不待见,姨父口中的电瓶车遂成为笑料。即使在南京,我也没听人说起。摩托车倒是见过,多是军用,印象深的是逢大型运动会之类的场合,搞列队表演,带拖斗的那种,倾斜到四十五度,拖斗那半边整个悬起来。小孩看了,皆莫名兴奋。大街上偶或也看到两轮的摩托车驶过,通常是单位的,我们从不会将之与"私家"的概念联系起来。

多少年过去,南京街头,慢车道上,电瓶车已取代了自行车原先的位置,在十字路口,每每绿灯亮起,便有无数电瓶车冲出去,不似摩托车一起发动的轰轰烈烈,却也煞是壮观。九十年代初刚现身时,此物还远不是这般平民化。我记得还得花钱办牌照、驾照,与买车钱相加,七八千元,得咬牙跺脚地置办。这样也就容易被小偷盯上。与偷自行车相反,电瓶车的偷盗是从整体走向局部——到普及之后,小偷的兴趣已定格于电瓶。我的电瓶车升级换代,都是由失窃促成。除了第一辆是被"整取"之外,后面好几辆都还留着车身在那儿。要买个新电瓶,价格不菲,不如干脆买辆新车。我承认频频失窃与疏于防犯有关,只是周围许多人给电瓶专门加锁,看似固若金汤,也不能幸免。

就像自行车偷盗之风最盛的年头行业也未受任何影响一样,电瓶车业也依然兴旺。不仅如此,我想它还襄助了其他行业,比如快递。电瓶车几乎成了快递公司的送货"神器",前面运送时用的是飞机也罢、高铁也罢,最后送到城市各个角落的消费者手中,大多是由电瓶车来保障。这几年送外卖大热,电瓶车又添新的用武之地。

以今日大城市的交通状况,电瓶车实在是太方便了。说电瓶车"飞驰",小汽车也许很受伤,事实上,在许多路段,小汽车开起来也就是电瓶车的速度,甚至还不如。一遇堵车,汽车动弹不得进退失据,电瓶车则终能"杀"出一条路来。至如泊车的繁难,更为电瓶车主所不晓。每每赴饭局,来人中有电话报堵在哪里又或泊车处太远,走过来还得有一阵之类,电瓶车主便会因为轻松抵达,有一种如臂使指、指哪打哪的快意。

擦车

好多年前,"私家车"的概念刚刚浮出水面的时候,有个朋友得风气之先,早早成了有车一族。他的车总是锃光瓦亮、一尘不染,令我印象深刻,以致有次我问了个很外行的问题:你哪来那么多时间侍候这车? 他笑道:你以为是从前自己擦自行车呢? 有地方帮你洗啊,给钱呗。

他说得没错,我的问题还真是从擦自行车联想而来。

鉴于过去自行车在家庭财产中属"大件",它受到类乎今日私家车那样的呵护并不意外。当然,全是自己动手。事实上,凡属"大件",如收音机、缝纫机、钟表之类,都是家中的重点照顾对象,但都可关起门来拂拭、拆洗、侍弄,不像自行车动静大,常常在户外擦洗,"能见度"高得多。因其贵重,让自行车"顺其自然",只管骑,不保养,几乎是不可能的,相反,对拥有自行车的人而言,隔段时间即大动干戈擦车,差不多已成规定动作。

每到周日又是晴好天气,大院里、马路边、天井里,常见自行车四脚朝天,旁边有个人蹲着在擦——这算得上城市日常生活的一景了。

对自行车的护惜,简直无以复加。重点是车上的那层漆皮,怕擦着刮着碰着,许多人买车回来长时间不将大杠、脚撑等处的包装拆下,有人甚至还在上下车容易擦碰的所在以及书包架另加包裹。我是颇以为然的:这不就像给书包上书皮,原本有着漂亮封面的书也如衣锦夜行了吗?——虽然我自己时常干着包书皮的事。平日则勤加拂拭,差不多赶得上彼时电影里宣传的我军战士爱自己的枪。车座下面照例有棉纱一团,有暇便抽出来擦擦灰,倒似有灰真是如同"蒙尘"一般。

但这样的随手随时拂拭还不是我所谓"大动干戈"式的擦车。其区别,好比中小学里每天值日做卫生与隔段时间一回的"大扫除"。不惟犄角旮旯都得擦到,还得给轴承、链条等处上油。小时看大人擦车,用报纸垫在地上安放车把、车座,将车子两轮朝上翻过来,大是好玩。也不知是谁的发明,说摇动脚蹬子令车轮转起来,像是"爆米花"(因类于拉风箱的动作),乘隙玩这游戏,屡被大人斥为添乱。大了之后隔三岔五被大人要求擦车,才发现这差事一点不好玩。

大杠、车把、挡泥板这些地方都好办,遇到泥迹之类,使点儿劲就是了。钢圈擦得锃亮也不难,油纱或软布摁在一处,摇动脚蹬子让车轮转动起来即可。上油也不甚费事,似乎家家都有一盛机油的小油壶,壶上有长而尖的嘴,挤压壶的底部油就一滴滴出来。麻烦的是辐条,按一般的擦车标准,得一根一根地擦。我多次被勒令返工,大都是因为这里马虎了。

　　擦一次车,费时得半小时乃至一小时吧?想起微信里转来转去几成鸡汤的木心的小诗《从前慢》,我于怀旧、哲思处全无会心,倒很具体而微地想到擦自行车——费上若许工夫,是慢。

时 过 境 迁

零零碎碎

刷陀螺

几十年前，小儿的玩具中，陀螺算得上大宗。地不分南北，都玩。北方似乎称"抽"陀螺，南京人则说"刷"陀螺。"刷"在南京话里有"抽"的意思，比如"刷个耳光"。

各地的陀螺，形状大同小异。大体上是两种。一种看上去两截头，腰那儿有道箍，鞭绳恰可往那儿缠绕。这种大多从店里买来，是车床车出来的，周正光滑，下面尖削的部分还会有弧线。有本色的，也有染成各种颜色的。另一种可称直筒式，可想象成大个的铅笔头，只是斜度要小得多。自己制作的，大多是这种。手工制陀螺，各有各的招吧，有的愣是削出来的，表面像狗啃的，却照样转得很欢实。当然，得圆。

我感兴趣的是最后把钢珠嵌入陀螺尖上的那道工序（彼时的陀螺，全仗着钢珠与地面摩擦）。先要在底部弄个小洞，而后使劲儿用锒头砸进去。小洞要比钢珠略小，否则包不紧它。事实上许多陀螺变成废物,都是钢珠脱落了。防着这结局,许多陀螺的钢珠深陷其中,只若有若无地露出一点点。从审美的角度,我很是不喜,因看上去缩头缩脑的。

陀螺是要用鞭子抽的。鞭子店里应该也有卖,我所见却都是自制的。这比做陀螺简单,弄根棍,缚上绳,即成鞭。所谓"绳",五花八门,棉绳、麻绳,甚至布条,都用得上。记得有一阵还时兴过"卡巴丝"——从废弃车轮胎里抽出的胶线,细细的,却很有力道,抽出去一下是一下。故小男孩常钻头觅缝要搞到它。但最威风的似乎还是用结实布条做成的鞭,那是用来对付超大陀螺的,挥起来呼啸生风,抽上去啪啪作响。

有了陀螺、鞭子,可谓"万事俱备"了,然还欠"东风",便是一块平地。放在现在,太容易了,问题是当年的南京到处是泥地。我们在干硬平整的泥地上也刷过陀螺,却终是欠光滑。其实彼时用的水泥普遍标号低,粗糙之外,遍布小坑小孔,陀螺转进去,常常刷不出来,很快就一命呜呼。当然,能找到块开阔的水泥地就不错了。就近便而言,最好到大马路上去刷,也当真有小儿这么干,虽说马路边常是一个斜面,而刷到路中间去则不免要被呵斥。

正因场地金贵,有时一块宝地会聚上好多人刷陀螺,好多个陀螺在地上转,一时鞭声四起。还会有赌赛,比如同时一鞭下去,看谁的陀螺旋转的时间长,比如比谁能一鞭子把陀螺刷得更远。甚至也可以捉对厮杀:双方把陀螺往一处刷,令其互撞,被撞得不能平稳旋转终而躺倒者,自是输家。

这样刷陀螺的大场面现在是看不到了。前些天在石头城公园沿外秦淮河散步，听河那边啪啪有声，定睛看时，却是两个看似已一把年纪的人在刷陀螺。想一想，好像再不见小儿玩这个了，见到过的，都是老人。陀螺似乎已从小儿的玩物变成老人的健身工具了。小孩有这工夫，大约都猫在屋里打电玩吧？

幼儿园糗事

有些糗事，真正叫"挥之不去"，我上幼儿园大班时当众尿裤子，即属此类。我小时有一特长：讲故事。想是在幼儿园时代我即略有薄名，否则就不能解释，大班的人好几十号，唯有我被请到中班去讲。其时刚看过一部叫《红军桥》的动画片，我便讲它。片中有一胖一瘦两地主，跟红军作对，从被做了手脚的桥上走过时，胖子滑了下去，瘦子就伸出拐棍去救，半空中的胖子抓住这根救命稻草，只是瘦子哪里撑得住，结果当然是双双落水。在电影院里，这大约是该片最大的笑点，我亦打算在此将故事推向高潮。

以往"吹牛"（南京话中有侃大山、摆龙门阵之意），都是聚上三五人，绝对非"正式"。那天却很"正式"。小朋友被要求腰板挺得笔直，两手规规矩矩放在腿上，老师似乎还呵斥了一个有交头接耳嫌疑的男孩，令其两眼正视前方。我被领到教室前方一把小椅子上坐下，面对几排正襟危坐的人，不免未战先怯，强自镇定地开始讲，却怎么也上不了平日那种添油加醋、无中生有的"吹牛"轨道。我虽是不停地在讲,只是不知道在讲什么,急于抖那个地主双双落水的包袱,但仿佛怎么也讲不到那儿,简直让人绝望。

更糟的是,大概距开讲也就几分钟,我却忽然想上厕所。据说紧张容易引起尿频,可以肯定,我那是因紧张而起。虽然之前我已无师自通掌握了一些憋尿的要领,如蹲下一动不动,又或转移注意力,但私下场合里与众目睽睽之下显然是不同的,后者的难度要大得多。以我当时小小年纪,自然难以应对。

我开始感到身上发冷,打着寒战,嘴巴仍在机械地动着,不知所云地讲下去。因为我本能地知道,此时此刻,稳定压倒一切,但我没法稳住,单是打寒战我就控制不住,我也根本没法集中精力讲我的故事。叶兆言在小说《关于厕所》中写到主人公尿裤子,其因在于花了太多的时间寻找厕所。对于我,不存在这样的问题,我知道厕所在哪里。我的问题是,我不知道如何停下来。我想我当时肯定向老师投去了求援的目光而未得到回应,而停下来报告也是不可能的,我在惶急中挣扎着继续拖着已然失了头绪的故事前行,因发抖常伴有近乎"无语凝噎"的停顿。老师竟浑然不觉,也许她在想她的心事,或者她以为这是面对众人的紧张所致,总之我就这样被晾在前面,孤立无援地对一波波袭来的尿意做绝望的抗争。

感觉是很漫长的过程,其实也许不过就几分钟,最后的那一刻,则真所谓"说时迟,那时快"。也不知度过了几次危机,终于忽然间,我觉大腿上一热,而后就一发不可收拾了。我呆在那里,听之任之,自然而然也就住了嘴。小便顺着裤管而下,在脚边慢慢流成一摊。大概是不能面对"真相大白"的结局,我并不站起来走开,还坐在那里。究竟之后什么情形,我意识里一片模糊,只记得老师过来领了我出去,快出门时回过身对着一片喧哗与骚动喝了一声:"不许笑!"

但领着我往厕所去,看我叉着腿很可笑地挪动,她自己就笑起来。那一刻,我认定,自己已然身败名裂。

关于厕所

回想起来,我已在好多篇文章里写到过厕所。我并非对厕所情有独钟:从来也没有有意识地挖掘这方面的记忆,相关回忆都是不招自来的。只能说,厕所实在是日常生活中不可或缺的组成部分,回想往事之际,不定什么时候就与它相遇。

厕所有公厕、私厕之分,公厕当然也属于"公共场所",而且是我们频频光顾的场所之一。比如你上学、工作,教室、办公室之外,去的次数最多的地方,没准儿就是厕所。公共场所讲究公开、透明,公厕虽往往出现在显眼的地方,至少有明确的指引,却又是最不能透明、公开的。它的设计,就是旨在遮掩人的方便行为。我记忆中的厕所,则多半具有公开性,或者换句话说,正是因暴露而被记住。

那些"前厕所时代"的茅坑(印象中我们对"茅坑""茅房""茅司""厕所"隐约是有个划分的,唯比较"现代"者,称"厕所"才更名正言顺）甚至可以是"一览无余"式，自不必说了。即使大单位像模像样的厕所，也还有掩蔽不周的可能。比如读大学本科时，教学楼两侧的厕所，对外的一面是及腰的一排大窗，倒是可以边解手边看风景。我每每去方便，也不觉异样，唯有次从外面走过，无意中瞥见一排人挤挤挨挨面壁而立，神情各异，看着甚觉诡异。

但这和中小学时上的厕所比起来，那已经好得不是事儿了。厕所非"大雅之堂"，通常不被提及，有次学校广播里却提到了，并不是表彰某班包干的厕所收拾得干净，而是说厕所被盗。厕所里有什么好偷的呢？原来礼堂那边厕所多块厚木板不翼而飞了，据说是被人偷去当木料打家具了。蹲坑式厕所中"坑"两侧悬空的木板是让两足踏着的，其扎实可知。广播里痛陈此事的老师很会制造效果，道："我就不说破坏公物的罪了，你拿去打家具，臭不臭？！"我们听广播常是昏昏欲睡的状态，那一次却哄堂大笑。

脏、臭，彼时的厕所多半如此。有些女性对此实在不能忍受，宁可憋着回家再做打算。但这里说的是厕所"公开性"，就此而论，礼堂那边那个并无突出处，应以学校围墙那边露天的男小便池为最。其时外面的公厕不多，大城市里，男性大白天就地方便的也时有所见，最常见的是找堵墙，对着墙方便。但那是"非法"的。在那个小便池中，我们冲着墙方便则有合法性，一则我们是在墙里，二则沿墙根挖有一条很长的槽。因为长，可以容纳许多人，课间必是人头攒动，其嘈杂堪比澡堂子里的高声喧哗。

我所谓"公开性",还不是指其为露天式,事实上它不仅无顶盖,连任何围挡也没有,完全敞开,课间时老远就看见一排人在那儿面壁。院墙很矮,从校外道上走过,可见到墙上露出人头来。我们在里面,可以边方便边看野景——其实也无甚可看。而那一列露出的人脸,或者也可充作风俗画的一景吧?

划船

少儿时代,在南京,相比中山陵等名胜,玄武湖对我们显然更具吸引力。衬着城墙的湖景我们是无视的,唯一的原因是有玩头。孩提时,心心念念的唯是那里的动物园、儿童乐园,及至上了中学,划船则成为我们去玄武湖的主要目的。划船也总能将每次的游园推向高潮。

划船是有限制的,我已不记得怎样"验明正身",不是看学生证,便是看身高,反正小学生不大容易蒙混过关。舢板式的小木船,最多可容四人,交了押金便每人去领一支桨,小心翼翼地上船。公园方面防患于未然是有道理的,人一上船船便打晃,让人心慌。有人一上去抖作一团,甚至有立足未稳已然翻身落水的。

这当然不能阻止我们划船的冲动,倒更添了一份刺激,提心吊胆又跃跃欲试。

及至上了船,大费周章让船离了岸,又不晓得如何划,不仅走不了直线,有时竟是在原地打转。然而这挡不住我们的好学——对于课外的"学习",我们绝对是乐此不疲的,学游泳、学骑车、学下棋,甚至学踩缝纫机,因都可变成某种意义上的"玩"。划船因为机会难得,更是学得起劲儿。划个一两次,要领也就大体掌握:要让船往左,右边的桨就使劲儿划,反之亦然。要尽可能走直线,两边用的力道就要差不多才好。若是三人划,坐船尾的人把桨插在水里,也就可充舵了。

划船的人大都是坐成一列的,船原本就该是这样的设计,我中意的方式却是两人坐一排,往船尾靠,如此重量集中于后,船头就昂起来。未必如此就行得快,事实上有几次这样和人比拼,似乎并没占到什么便宜。但船头昂着前进,多波浪水花,与水相激,较常规的划船更有一种乘风破浪的感觉。当然这只是想象,即便运桨如飞,也快不到哪去,玄武湖又谈得上什么风浪?

比拼倒是实打实的。我们的划船,最喜"人多势众",不是集体活动多半也会弄成集体活动。若有两条船以上,必会形成比拼的局面,即使人少只一条船,也会暗中"不宣而战"地跟陌生人较劲儿。划船对我们而言是个力气活,你追我赶得花力气;两船或多船之间以船桨为武器打水仗,也要使力;惦着时间将到要加钱急着往回赶,同样不惜力。几乎每一次回到家都是骨软筋酥,胳膊酸胀,抬起来都费力,但仍兴奋,且意犹未尽。

就因有这记忆,小孩想不起玩什么好时,几乎不假思索就建议去划船。小孩向同学一提,却是应者寥寥。再往后,我发现"划船"已成过去时。有天从玄武湖一游船码头经过,形形色色造型很卡通的船颇是招眼,询问一下,都是电动的,连一度流行的与蹬自行车相类的脚踩船也已被淘汰出局了。

火柴

二十世纪六七十年代,取火全指着火柴,打火机早就有了,在我们眼中,却是属于摆酷的玩意儿。其时有人照老习惯将火柴称作"洋火",一如将铁钉叫作"洋钉",将煤油叫作"洋油",可知其原是舶来品。更早的本土取火方式,像火镰之类,我只是在书上看到过。

好多年,火柴都是两分钱一盒。这么点小东西居然也要凭证供应,让人想不通,不过既然彼时生活必需品中你就想不出几样不要票的,"计划"到微小之火柴,也就不必追究了。那证叫作"购物证",购买时在上面画道道。

票证意味着定量,火柴论户,每月定量是多少记不清,只记得总是大包买回,一大包是十盒,塞得满满当当。用途呢?生炉子、点蚊香、烧树叶、点烟、点蜡烛乃至放炮仗。照说该是够用的,问题是点火往往并非一次就能成功,质量差的一划就断,或是划几下秃了磷头剩下光杆,或是被风吹灭了,或是受潮了,等等,其"消耗品"的属性充分暴露。像黄梅天,火柴盒都是软的,两侧的磷皮擦到破,半盒划下去还是不能成事。

既然紧俏,就该厉行节约。这却是孩童所不知晓的。我们熟知的相关语录，一条是"节约闹革命"，一条是"贪污与浪费是极大的犯罪"。我们也许各有各的"浪费"吧，但在喜欢玩火柴上大有共通性。不是用得大手大脚，根本就是为了好玩，这是百分之百的"浪费"。小学时有次对照"节约闹革命"的指示搞批评与自我批评，我就拿玩火柴说事，上纲上线，大有痛心疾首之感。我发现我的检讨很有启发性，不止一个不知如何在自己身上发掘"极大的犯罪"的同学都意识到了玩火柴的严重性，纷纷检讨。

只是我们很快"故态复萌"。放学回家的路上，我和两个同学因检讨玩火柴事意外地开始交流各种玩法。原本一根一根划着火柴在我就算很好玩了，他们却让我知道还有更刺激甚至惊险的玩法。比如让一根火柴从头燃到尾，办法是划着了之后让它烧一阵，而后不顾火烫捏着燃着的那一头倒竖起来，让火苗朝上一直烧到头。这一招，我直到上了高中才试验成功。另一玩法则更有冒险意味，是用嘴巴熄灭划着的火柴。或许是要证明并非吹牛，说此玩法的那位当场从兜里掏出一盒火柴，划着一根放进鼓着腮帮的嘴里，一会儿松了口拿出来，果然灭了，冒着一缕小小的烟。看到我们无从掩饰的惊悚和佩服，他很是得意，全然意识不到在"节约闹革命"的形势下，他是在"顶风作案"。

我可以发誓，我和在场的另一同学都没有告发他，想都没想过。后来他是自己悔罪的。那是在另一次"斗私批修"的班会上，虽说没有用"顶风作案"这个词，但他的检讨相当成功，其一,虽在自我控诉,"罪行"的惊险性让听者暗自佩服;其二,他的检讨不落窠臼,"题材"新颖。

雨鞋

唯下雨天穿的鞋才叫"雨鞋"吧?那么,凡雨天穿得,平日也穿得的,就不能算。于是成为专称的"雨鞋",特指那种由橡胶制成、无绳无绊、一次定型、"天衣无缝"的雨天用鞋。如此大费周章为其"定性",实因我们通常都叫这鞋"胶鞋"或"套鞋",直到前些时候才知道,"胶鞋"在别处乃是泛指,其中还包括胶底鞋。

胶底鞋中最享盛名的是"解放鞋"。它原是我军的主力鞋,与军装"浑然一体",以致我想不起军人还穿什么别的鞋。何以不称"军鞋"而曰"解放鞋",不得其解,也不知是不是解放鞋大量转为民用后,比军装"全民"得多。一双解放鞋几乎可以包打天下,囊括今日细分的各种鞋的所有功能,跑步、打球是它,爬山是它,甚至正式场合也可以是它——我就见过不少宣传队演出都穿它。

雨鞋当年则少见,不仅因为并非四时必需,雨天才用得上,也因为贵买不起。我这里说的是二十世纪六七十年代,更早的时候则更精贵。黄仁宇在回忆录里说幼时家贫,见别家孩子雨天穿套鞋,图有羡慕之情。他父亲原是同盟会的人,后退出官场过平民日子,也不至于家中赤贫,买不起套鞋,这也足见套鞋的珍稀。黄仁宇说的"套鞋"应该就是雨鞋，因当时的穿法是套在鞋子之外，如荷兰人的木鞋。

到我小时候，雨鞋已不再外"套"，且已普及得多，但是因为大家普遍穷，还是显得珍稀，如若家里一人一双雨鞋，就显得相当"资产阶级"。是故尽管属"敞开供应"，"敞开"来买的人家并不多。南京多雨，地上时常有积水，雨鞋是很用得着的，大部分人却是以解放鞋将就，雨大时鞋子尽湿甚至积水漫过脚面灌一脚水，也只好由它。夏天则光脚穿一双塑料凉鞋，水里来，泥里去，浑不在意。

因为珍稀，穿双雨鞋去上学甚至也会引人注目。雨鞋有低帮、高帮之分。低帮的只到脚踝处，不显山不露水，泯然众鞋，也就罢了。我们羡慕的是高帮的那种，鞋口抵着小腿肚子，且有那么点高跟的意思，以其鞋帮高度，叫雨靴更合适。而对靴子，我们是仰之弥高的，因电影里的皮靴看上去很是威风，虽然通常穿在德国法西斯或其他反派人物身上。皮靴既不可得，穿雨靴也算"庶几近之"吧？我没有雨鞋，却拿父亲的雨鞋当过道具。有一回，我从阁楼上倒腾出当年军队授衔时父亲的一套制服，和几个同学租了台相机拍照片。上面是大盖帽、领带什么的，而下面穿布鞋或解放鞋，怎么都不搭，皮鞋则父亲穿走了。最后有人提议穿雨鞋，权当马靴。结果我们弄出了一身制服搭雨鞋的奇怪装束，现在的人看了要发笑，我们当时则是要扮帅的。

其实与马靴更形似的，是齐膝高的雨靴，那通常都是站在浅水里作业才用的,大体属劳保用品。上学的路上,站在沟里清淤泥的工人就穿的这个。初中时班上有个同学,家里不知是干什么的,就有这么一双。某个雨天他穿了来,课间我们好几个抢着试穿,高视阔步走上几步,一副不可一世的样子。脚小鞋大,走起来踢踢踏踏的。那哥们儿是偷穿出来的,以那天的雨量,殊无必要穿这个。他当晚即挨了一通臭骂,不仅因为未得允许,而且因为脚捂了一天,脱出来臭气熏天。

这也就见出雨鞋只是"看上去很美",穿着却不舒服。它的密封性可保雨雪天气不湿脚,然天热时捂得难受,冬天则比穿其他鞋都更让你感到冷得难当;而且都是宽松式,不良于行。所以传统雨鞋渐渐就被淘汰——虽然超市里还能见到雨鞋,且已远较当年一色黑的样式丰富多彩,赤橙黄绿,而又加入了时尚元素。这阵子下大雪,发现几乎无人再穿雨鞋,宁可鞋子外面加双鞋套。

搞票不成

汉语里的"搞",像英语里的"do""get"一样,奥妙无穷,什么都可以"搞",惹事叫搞事,求人办事套近乎叫搞关系,想办法得到紧俏的车船票、球票、电影票、演出门票,叫搞票。

通过正常路径花钱买,那不叫搞票,花高价买黄牛票,虽属非常手段,也与"搞"无涉。凡能"搞"者,一定是有腾挪的空间。这里面花样百出,但说简单也简单,无非是找关系、托熟人想辙。

紧俏的车船票之类，一般也是花钱买的，仍要托人。演出票、球票，在前市场化的时候，或是大量赠票，或者干脆全部消化地发票，自然是白给。当然，不拘花钱与否，都是人情。后一种情形，尤其要"搞"。二十世纪七十年代，朝鲜一个艺术团带了大型歌剧《血海》来南京演出，却无半张票发售，据说许多机关那阵子电话铃一响，多半是在问能否搞到票。但凡大型赛事或重要演出，爱好者钻头觅缝找人搞票就成为当务之急。搞票不成，只能向隅。也有人届时去"兜票"的，这差不多等于指望天上掉馅饼：票既然如此紧俏，哪有肯转让的？

然而事亦有出于意料之外者。有时候搞票不成，兜票成功率却极高。这已经是九十年代市场化程度更高的时候了。价格双轨制在看演出上也有充分体现：售票之外，又有相当数量的赠票。既然有售，原本花钱买即可，大家还想着搞票，一是因为习惯，二是一旦放开，票价陡升，有点承受不起——习惯了白看，就更觉价高。此外，大量的好座位留给了赠票。偏偏有些演出曲高和寡，得了赠票的人并无兴趣，知道外面卖得挺贵，便会顺便卖了，甚至也有专程赶去卖票的。

在南京，彼时音乐会、话剧还不受观众待见，政府部门或商家搞形象工程，请来一流的乐团、剧团，也常是这样的情形。有一次某房地产集团搞活动，请了德国杜塞尔多夫交响乐团。我从一朋友那儿得了票。到演出的地方意外地发现，很多人在卖票。大多显然是该集团的职工。过去得赠票者多为机关干部，要面子不好意思大张旗鼓卖掉，职工却不讲究这些，大摇大摆地卖。反正是白得来的，能卖多少是多少，快开演时，已是近乎抛售。有趣的是，路经的人常被询问要不要票，遇有意者，会有好几人围上来，这个说他便宜卖，那个说他位置好。堂皇的剧场门口，快变成大卖场了。

有次又有什么高水平乐团来宁，我跟一位朋友叨咕要找谁搞票，他很笃定地说："别烦那个神！那样还欠个人情。到时候就去，保证兜得到票，而且是白菜价！"据他说，如此这般，只要是高雅演出，一次没落过空。

我没他那么笃定，只有一回，是北京人艺来宁演《李白》，临时得到消息，急着要看，来不及搞票，就到剧场一试。果如朋友所说，最后我以两元钱得了一张原本好几十元的五排的座。北京人艺，在话剧界要算"天团"级别的吧？两元钱一个好座？！往剧场里走，一边有类于搞收藏的人"捡漏儿"的庆幸，一边暗道："罪过，罪过。"

兜票

"兜票"差不多就是等票的意思，但似乎又不全是。

车船票、球票、电影票、各种演出门票，等等，卖完了，而你急着要走，或急着要观看，就只能指望有人想退票。与等着出缺一般，由不得你，只能等。而今网络化时代，可在线上等，过去则只能到现场，比如电影院、剧场、球场门口，碰运气。等是被动状态，要化被动为主动，就不能守株待兔望天收，得瞅准了有意出让的人上前兜搭——这几乎就是兜票之意了。

我见过的最热闹的兜票盛况，是在上大学那会儿。二十世纪七十年代末八十年代初，许多"文革"期间被禁的电影陆续解禁，新片络绎出现，从《瓦尔特保卫萨拉热窝》到《追捕》到《望乡》到《叶塞尼亚》，中国人对电影的热情空前高涨。只要电影院在放电影，必定是座无虚席。对于买不到票的人，心存侥幸去兜票，就是最后的机会。电影开场前，影院门口台阶上下，必是人头攒动，兜票者是其中最活跃的存在（"黄牛"另当别论）。

这里是绝对的卖方市场，你若手头有余票，会感觉到众人的虎视眈眈，未待暴露身份，已不断有人在询问："阿有票啊？"这是有枣没枣打一竿子式的发问，发问者经常手里捏着钞票，一者亮明自家兜票者的身份，不耽误工夫，免得被误为有余票的人，二者也是表明买意已决，交易起来，必是干脆。

见到有人拿出票来卖，就顾不得什么矜持了，兜票者会立马挥舞钞票一拥而上，争先恐后，将持票者团团围住，在不知情者眼中，简直是一场围殴即将发生。场面陷于混乱，有时还会出现这样的滑稽情形：要出售余票的人奋力突围，以摆脱争票人群，后者一路尾随，走哪跟哪，弄得人不胜其烦，最后恼羞成怒："跟什么跟？我谁也不给，不卖了！"

持票者见势不妙，常有望风而"逃"的——也不是逃，是不声张，瞅准一不咋呼的兜票者，问明了，带他到一背人处，太太平平把事给办了。有一回我就受到了这样的礼遇。记不清正在上映《苦海余生》还是《卡桑德拉大桥》，反正那天的课上得无聊,我就逃课,到了离校不远的曙光影院。本以为正值上班时间,电影票定唾手可得,谁料当场票仍是卖得光光。售票窗口排着长队,卖的是隔日的票,唯有兜票一途了。眼看就要开场,影院门口气氛渐渐紧张。

猎物出现,兜票者一波一波地围追堵截。我跟了几回均未得手。忽有一青工模样的人近前,悄声问:"你要票啵?"显然他已观察一番,瞄准了我。我当然喜出望外,兴奋道:"你有?"他立马让我别喊,跟他走。在僻静处,他一边将票给我、收我的钱,一边笑话道:"卖张票,搞得跟地下工作似的,是人求我,我倒要偷偷摸摸,什么事啊!"

我不知道我的同学有没有过这样的幸运。但兜票的经历应该是许多人都有过,至少见过,且印象至深。证据是,不少外地同学到南京最初学会的几句南京话之一便是:"阿有票啊?"

新华书店后门

很长时间里,新华书店是图书馆之外,书与我们读者之间唯一的纽带。在南京,买新书会去新街口、鼓楼或山西路的新华书店,买外文书或外文工具书会去湖南路、新街口的外文书店,买旧书会去杨公井的古籍书店。它们都是国营书店,一个系统的。有一阵学校大门口的耳房也成了卖书的地方,面积不出十平方米,也是新华书店设的一个点。

"文革"后期,新华书店倒是营业的,奈何根本没什么书可买,故总是冷冷清清的。我一九七八年上大学后,新华书店忽地热闹起来。七十年代末到八十年代初,也是我逛书店频率最高的时期。那时我隔三岔五往书店跑,与书虫的逛书店还不是一回事,乃是因为形势逼人:最初那一阵,"文革"前的书重印激起的疯狂抢购不必说,即使后来人们在买书上稍稍回归平常心,也还是有机不可失、失不再来的紧张:几天不去书店,就担心来了什么好书会错过。

事实上何为好书我并无概念,只道听途说是经典,急切地想买就是了,仿佛知识的饥渴要以对书籍的占有来填补。这里的"占有"说来可怜,因家中基本无书,买书近乎"白手起家",我的绝大多数同学,和我一样。"文革"秦火之后,社会上也没什么像样的书流通了。

有一次,我意外地在新华书店后门那儿发现了一处暧昧的所在。这里说的是新街口中山东路那家总店,两层楼的民国建筑,二楼办公,只一楼营业,面积、进书量,当时可以称最了。它家大门面朝中山东路,又有一很小的后门通到侧面一巷子里。我通常都是前门进前门出的,那天不知为何从后门出来,就见门口附近聚着些人,三三两两,或站或蹲,交头接耳,神情诡异。再留意一下,有些人遮遮掩掩携着书,或夹在腋下,或掩在外套里,取出示人后,很快又掩起来。原来这里自发形成了一个小型的地下书市。

我凑上去看时,那些人都有几分警觉,且眼睛朝巷口瞄过去,看我不像是便衣,才又继续他们的交易。再后来他们也就让我看他们手里的货。有本莫泊桑的《温泉》我是有点眼馋的，想买，另一人却想用什么书跟书主换，显然交换对其更有吸引力，于是我的愿望落了空。这以后周末去那书店，就必去后门那里转转。遇到过的书，包括我买过的几本书，大都忘却。只记得有一回一个瘦高个出售全套的《译文》杂志，买家跟他谈了多时，价也没谈拢。再就是我在那里买过一套车尔尼雪夫斯基的《怎么办？》，书里"新人"的故事我曾听一大我五六岁的朋友讲过，见到原书，大喜过望。

那天书店后门附近的气氛好像特别紧张，据说上个周末这里有人被抓了，是卖书的、买书的一起被抓。照说就该离远点了，无如我看到了心仪已久的《怎么办？》，深恐过了这村没这店，怎可放过？书主领我走了很远，到小巷僻静无人处，东张西望着完成了交易。这也是我买书历史上最心惊胆战的一次"非法"交易。直到走出很远，我仍在担心忽然身后有个声音喝道："站住！把书拿出来！跟我走！"

这次交易的"非法"性质后来又得到了印证：看书时我发现，书的某处盖着某个单位的公章。

打羽毛球

进入新世纪前，打羽毛球算是一项很奢侈的运动，球拍从木框木杆、木框金属杆到金属框碳素杆再到全碳素材质，羽毛球不经打，更是所费不赀，最麻烦的是场地。羽毛球怕风，比乒乒球更甚。二十世纪八十年代,户外的水泥乒乓球台似已渐次消失,"升堂入室"了,室内的羽毛球场却是近乎天方夜谭。有把子年纪而爱好羽毛球的人,其羽毛球生涯多半都是从露天场地开始的。

这就得看老天赏脸,尤其抓紧早晨傍晚之际,通常这时没风或是微风,羽毛球尚可按照可控的轨迹飞行。固定的场地是没有的,篮球场、排球场上打球者人多势众,打羽毛球者只能自居边缘,校园里空地无多,经常就是在道路上占块地。也不必提什么隔网相争了,两人面对面站着,中间有段距离就行。所以后来到场地上开练,发现过去空地上的"捉对厮杀"全不管用:那是人在哪往哪打,敢情场地上是哪没人往哪打。

空地也不是不可架网,然自备了球网也买不起网架,只能利用地利,比如某块空地上恰有两棵距离适中的树,便把网子系上去。一九八三年我在机关工作,单位里有拨羽毛球爱好者,居然就着两棵树划出一片场地,令我眼界大开。工会组织比赛,那里就变成赛场。比赛要打几小时,哪能一直没风?风大到什么程度就休战,并没一定之规,只能协商,有时两拨人各本对自家有利原则,吵得不可开交。

所以羽毛球的室内场地才是"王道"。九十年代末,我对打羽毛球上了瘾,开始跟人钻头觅缝到处找可能的室内场地。体育馆之外,食堂、礼堂舞台、工厂大车间的空地,都曾被我们临时"征用"为球场。现成画好线的场地是没有的,得现用粉笔画,弄根皮尺,两人拉直了依着画。每次都要现画,真是白耽误工夫——因占用场地属"非法",不定什么时候就有人来驱赶。

后来本校体育室一教师入了伙,每到中午体育馆无人时,便领我等进去。这是头一遭,居然在地板场地上打球了,而且有标准的网架,简直有鸟枪换炮之慨。当然,场地还得自力更生。也不画线了,对篮球场某个角的底线、边线加以利用,再用皮尺拉出L形,圈出个场地来,什么发球线、单打线之类的都免了,为的是抢时间:眨眼工夫,下午上体育课的时间便到了。

论条件,这比在学校食堂里打球好得多了。我已记不得何以理当摆满饭桌的食堂会有偌大一块空地,也想不起我们用什么办法架起了球网,只记得粗糙的水泥地,还有来来往往端着吃饭家伙的学生。若说我们打球弄得尘土飞扬有些夸张,但肯定制造了不少灰尘,但好像吃饭的人并不在意,还颇有些人边吃边驻足观看。

租照相机与装胶卷

三四十年前,照相机大概得归入奢侈品范畴。我这么说,算不得夸张。依我看来,奢侈品的规定性有二:一是昂贵,一是并非必需。以当时大多数城里人每月三四十元工资的水平而论,一百多元钱的相机绝对称得上"昂贵";其时多数人家还在忙于温饱,玩摄影怎么也算不上"必需"。

就因为不是必需品,直到大学毕业,我软磨硬泡要求父母买相机的多次努力均归于失败。我觉得我的理由是正当的,

"读万卷书,行万里路"嘛,其时正醉心于游山玩水,放假必远行,总要"泥上偶然留指爪"吧?但父母不为所动,故每出行,都要跟别人去借。

一个班五十几号人,拥有相机者,一二人而已,其珍稀性可想而知。通常是拥有者不愿出借,想借的人则不大开得了口。好在其中之一是我的铁哥们儿,属于借也得借不借也得借那种。他有一台老式德国造135相机——说"老式"是相对于后来的单反相机而言,对焦距得让取景框里两亮点完全重合才行。他几乎是从ABC开始教起,怎么上胶卷,怎么对焦,什么是快门优先,什么是光圈优先,听得人头大。我倒是很想当傻瓜,问题是更"先进"的傻瓜相机还没出现。

其实,此前我也不是没碰过相机。上中学时,凡郊游或集体活动之类,一伙人中总有人想方设法将学校的相机借出,或是鼓动谁将家里的相机拿出来。因其贵重,相机必在严密的监控之下,等闲之辈不让碰。我自知手笨,对机械之类也无特别的兴趣,别人跃跃欲试之际,我大多退避三舍。直到上高中,因对照相馆无比恐惧,有的地方又得用到照片,忽然异想天开,要自己照。其时知道新街口的环球照相馆、摄影图片社有相机出租,我遂颠颠儿跑了去租回一台120相机。

120相机是双镜头,取镜框在相机顶部,得双目下视,端着照。这种相机似乎早已被淘汰,当时租这种,是因为它用的胶卷一卷是十二张,短时间内可拍完。135相机的胶卷一卷是三十六张,关键是,一张只有标准邮票大小,得放大,这属于"节外生枝",比自己洗相片麻烦多了,拿去照相馆放大,则又"所费不赀"。

租相机是按小时计价,这让我们的拍摄活动一直在紧张中进行。另一方面,要一下拍完一卷胶卷,又不知该拍什么。自拍标准照的念头一下就放弃了,因一起去租相机又稍懂些的哥们儿说,没灯光,照不好的。那拍啥?我们的照片,不是"合影留念"式,就是"风景照"式,或者是两项的叠加,像今日在微信朋友圈"发状态"逮什么拍什么,那是多大的浪费?做梦也不会想到拍照可以这样。中山陵、玄武湖太远,时不我待,讨论来讨论去,不知拍什么是好,惦着还相机,似在倒计时。最后,我将父亲的一套将校呢礼服翻出来。我们轮着系领带、戴大盖帽,一通乱拍。

不过,那回租相机要算是成功的,毕竟一张胶卷没废——我们关于成功的定义,也就是"张张清楚"而已。不成功则"各有各的不幸"了。什么曝光不足或过度、焦距没对准这些,都算是小意思了。镜头盖没取下还拍得起劲儿,又或胶卷没卷上,或拉断在里面了,问题就严重得多。

最让人提心吊胆的是装胶卷。相机里一头是卷片轴一头是暗盒,要从暗盒里抽出胶片的头来,插入卷片轴,合上舱盖。胶卷究竟有没有上好,位置有没有摆正,全凭感觉。偏偏许多人还处心积虑"偷"上一两张。这是就135相机而言,胶卷两头留着富余,胶片的长度够拍四十张,所谓"偷"便是头上少卷点,不待到第一张的位置就抢拍它一两张,有人甚至多拍三四张,

零零碎碎

欣喜如同捡了元宝。因这一"偷",装胶卷不到位的风险大增。

有一回我们几个人在学校鼓捣相机出了问题,似乎就与此有关。拍到一半,卷片轴卷不动了。一哥们儿说他有办法,弄来一床棉被,一头扎进去,让我们在旁捂着、掖着,务使被里保持漆黑一团。只见他上半身在被子里蠕动,也不知在怎么鼓捣,反正最后满头大汗钻出来,手里拎着长长一条胶卷,气急败坏道:"完了,全完了!"愚钝如我也知道,这下是一点没救了:冲洗前的胶卷是见光死的,从暗中到亮处,好比一个策划于密室的阴谋大白于天下,哪还有救?

到上大学时,我在摆弄照相机方面的经验差不多都是负面的,我那位拥有德国相机的同学兼哥们儿显然对我这菜鸟不放心,不免千叮咛万嘱咐。我亦不敢造次,用起来小心翼翼只是一端,去庐山一路行去还特别怕"露富"——虽说照相机不比别物,不露也得露的,晚上睡觉藏着掖着也总觉有人虎视眈眈。我的胶卷恐惧症也相当严重,照了好多张,我还在担心是否照上了,一卷照完,我还怀疑倒回暗盒里的片子会不会根本就没动过窝?但是从庐山下来时,这些疑虑都不在话下了,因为我碰到了更大的麻烦,我发现暗盒不见了。我的归程因此被愁云惨雾笼罩,我一直无法面对必将到来的尴尬时刻:那样贵重的物品被我弄残了,这可怎么交差?

中央饭店的过客

我六岁以前住在中央饭店。搬家过后,经过那里时偶或也会看上一眼,却是再没进去过。就想,什么时候要去看看,当然也就是一时之念。也不知过了几年,有次骑车在中山东路上走,过了大行宫,忽见对面一栋簇新的大楼,可不就是中央饭店?遂下了车过街去访"旧居"。大模样还在,却是有点对不上号。幼时印象中偌大的院子,现在怎么几乎像是楼就立在路边,这么"浅"?里面装饰一新,也面目全非了。令我印象深刻的楼梯仿佛隐身,那旋转楼梯直通三楼,可顺着栏杆扶手一直滑到一楼,小孩视为惊险版滑梯。我没敢试过,据说有个小孩逞能,半道上掉下,摔折了胳膊,从此被大人当作警告小儿不可冒险的经典案例。最不可解的是,记忆中明明四层的大楼,怎么就变成了三层?尽管当时年纪小,一二三四总数得过来吧?

但这难题其实是最好解的,回家一说,母亲便道,原来是三层,四层是后来加盖的。当然,并非违章搭建。一九四九年后,中央饭店被解放军接管,后来成了南京军区后勤部的家属院,再后来不够住了，就有了加层之举。我出生时，早已改造完毕。

父亲和母亲都是后勤部的人，在中央饭店安营扎寨是一九五三年的事。他们一个是干部，一个是工作人员，父亲独住三楼一间正面朝南的房间，母亲则与一同事住在大楼一侧较小的房间里。一年后结婚，也简单，母亲搬入父亲住的房间就完了。我家在楼里拥有第二间房是在外婆来了之后。这时姐姐出生了，外婆来帮助照料，组织上又分配了一楼侧面的一小间。

二十世纪三四十年代，中央饭店是南京最豪华高档的饭店，惜乎豪华、高档对房客才有意义，设计者再想不到二十多年后，客房里住进了一家家的住家户。上等的客房确乎高级，比如正面朝南的那一排，轩敞亮堂，拼镶木地板，落地窗的阳台，铺着马赛克的卫生间……在南京住水泥地的房子就算体面的年代，真有说不出的讲究。僧多粥少，这样的房间只能搭上较次的房间分配。只有我家隔壁的一位参谋长，分到了挨着的朝南两大间。我们家的另一间房在西侧，较朝南房间小得多，也不知原本的用途是随员的住房还是杂物间之类。既是分处不同楼层，裹小脚的外婆从一间房到另一间房，就要颤巍巍爬三层楼梯，走过长长的走廊，不啻为长途跋涉，很是辛苦。

楼里是有电梯的，但电梯间的铁栅栏却常年挂着粗粗的锁闭的铁链，呈闲置甚或是废弃的状态。我印象里一次也没开过。其时南京有电梯的楼房屈指可数，我不止一次听大院的孩子跟人炫耀，我们楼里是带电梯的。事实上，我们对电梯的概念,止于那道铁栅栏,从三楼隔着栅栏看下去,黑洞洞的。听大人说,有个小房间可以在那黑洞里上上下下。坐电梯究竟是咋回事呢? 参谋长家老三比我们大些,似乎比我们知道的略多,有一回领着一帮顽童缠上一楼传达室的人,让开电梯,信誓旦旦保证"只玩一回"。当然未能遂愿。

停开电梯,不会有人有异议的,强调艰苦朴素的年代,上上下下坐电梯,未免太奢侈。何况楼里住的人绝对不会觉得上个几层楼算什么"艰苦"。大家都是穷苦出身,农村来的,住着楼房,用着自来水、电灯,还要怎样?

关于大老粗住洋房是怎样的节奏,王安忆在很早以前的一篇小说里有过生动的描写,我还记得的一个细节,是新主人如何在有壁炉、钢琴的客厅里纵横交错悬起了晾衣绳。小时中央饭店的室内景观马上就跳出来:轩敞的房间和简陋的家具,堆着的杂物、针线笸箩等等相映成趣,也没谁觉得不搭。卫生间的淋浴基本是不用的,因为没热水。倒是抽水马桶边上,没准儿放着扫帚簸箕。晾衣绳上披披挂挂也是不可少的。我觉得整成这样,中央饭店里的住家户更具正当性,毕竟王安忆笔下的洋房原本的用途就是私宅,中央饭店可是饭店,你让现在的住家户把脏衣服送洗衣房?

当然,设计者也没考虑日后这里会有生火烧饭的问题。只有餐厅有"大灶",其他哪里还能做厨房呢? 唯有走廊。中央饭店的走廊宽阔气派,家家"小灶"开起来,也不显逼仄,只是每日生火之际,烟雾大作,充塞全楼上下,堪比乡村的炊烟四起,令高冷的宾馆建筑平添人间烟火气。此情此景,后来有人打趣说是"农村包围城市"的具象,其实是不确的。盖因家家户户烧煤炉,而彼时烧蜂窝煤倒是城市生活的表征。好歹是无烟煤,原是没有"炊烟"可言的,只因楼里的人多半来自农村,烧柴禾灶轻车熟路,烧煤炉则是面对新生事物,不晓如何封了炉子过夜,于是有每天早上走廊里烟雾腾腾的壮观景象。

我年纪太小,兴奋点在彼不在此,这些都是从母亲的闲聊里知道的,听她的描述,不期然就联想到筒子楼。而中央饭店毕竟是"高大上"的所在,至少在当时的我眼里,从外到内,仍是俨然。

关于其间的"生活气息",我清楚记得的细节,乃是杀猪。到现在我也没搞清楚那些猪是养大的,还是暂时存放。豪华饭店养猪似乎是不可想象的,然而猪是真实的存在,就在后院的铁栅栏里,逢宰杀时即有洪亮而凄厉的叫声传出。后院过去,隔着汉府街就是昔日的总统府,当时的汉府街绝无今日车水马龙的喧闹,即使一边就是郊区车起点站,也还是一片安静。我想没准儿猪叫声总统府那边都听得到,中央饭店院里的人自是躲都躲不掉。但这叫声却让小孩兴奋莫名,必有人嚷:"杀猪了!杀猪了!!"遂有大批小孩从不同方向朝猪栏那边狂奔。许多次,我都受到大人的拦阻,唯有一次成功摆脱了外婆。不幸的是,猪栏那儿有道门槛将我绊倒,胳膊摔破了,血流不止。一个当兵的将我送回家,杀猪的盛况终于错过。留作纪念的,是直到现在还在的一处疤痕。

不知从哪听来的:中央饭店是一九四七年为供"国大"代表下榻而建。有好多年,我都是以权威的口吻对人那么说。其实不是——作为三四十年代南京最豪华的酒店,中央饭店一九二九年即建成,第二年就营业了。没有谁纠正过我,听的人都当真,或许曾经的居住者的身份让我的表述有了权威性。我也居之不疑,全不察这身份并不是"真相"的保证。

酒店是暂居之地,入住的人都是过客。到一九六六年搬离中央饭店,父母在那楼里住了十三年,我住了六年。即使以我为准,也少有住那么长时间的过客吧?然那次在装修一新的中央饭店里上上下下地溜达,我却有一种恍惚感,难认这里是我曾经的家。你可以说,"人生如逆旅,我亦是行人",但那太大而化之了,只能说,对中央饭店而言,我们是一群特殊的过客。

中央饭店的过客

老　外

　　"老外"这么个称呼，似乎是二十世纪八十年代才有的。之前我们口里的"老外"是个形容词，北京人说"你老外去吧你"，南京人说"你老外了啵"，都是外行之意，乃是说话者以内行自居，奚落对方不知情，说外行话。

　　传统戏曲行当里有把老年男子的角色称作"老外"的，肯定也与外国人无关。称外国人"老外"，从词语构造上说，倒像是沿袭了我们常用的"老张""老李"那样的称谓，透着随意熟络，奇的是由专称变成了统称。又一条，姓氏前冠一"老"字，未必对方一定年长于己，但一定是都到了一定的年纪，若中学生以下，便极少有相互这么称呼的。"老外"则无年龄限制，只要是外国人，哪怕孩童一个，也是"老外"，想要见出年龄，宁可再加一"小"字，说成"小老外"。

　　所以它传递出来的信息，倒是对外国人不那么"见外"了。这时候出现这称谓，也是气氛使然。此前强调敌我意识，"内""外"不以种族、民族分，而以立场分，同为外国人，站队跟我们站一边的,那是"同志加兄弟","外"也成为"内",对立面的,则是"鬼子",褒贬分明,断无中性说法存在的余地。

有意思的是,顾名思义,"老外"理应涵盖所有的非中国人,事实上却要看肤色,我们口中的"老外",大体上指的是白种人。和我们长相差不多的黄种人,不管是韩国人、日本人,还是越南人、新加坡人,固然甚少称其为"老外";甭管来自美国还是非洲,我们的意识里,黑人似乎也在"老外"之外。当时的华东水利学院有不少非洲留学生,提起来,我们就都是以"黑人"相称。

"老外"的叫法,显然是随着外国人在我们身边越来越多地出现才流行起来。上大学以前,"老外"于我,基本上只存在于电影里,印象中唯一的例外是齐奥塞斯库同志。作为欢迎群众,我在人群里曾远远地看见过。一旦开放,外国人居然以"大活人"的方式在我们身边出现了,不由你不称奇。单是深目高鼻的长相,即难以让人保持所谓"平常心"。最初来到中国的老外,不少人都享受过被围观的待遇。若是在小地方,就会有这样的场景:一个或几个老外被围在中间,手足无措,里三层外三层的围观者并不与之交流,只是交头接耳,指指点点,窃窃私语,的确像是看猴。

我有个朋友曾经历过让人哭笑不得的一幕。她和同住一室的美国同学一起到南京附近一个村子做社会调查,结果被村民围着不能脱身。奇的是,被围观的不是美国同学,倒是她。那美国同学也许是长得不够"老外",身上又裹着件黄军装棉袄,她则长得额头高,眼窝有点深,衣着上又比较讲究入时。大概就是这些成为老乡误判的依据,他们放过了她的美国同学,围着她嚷:"外国人!外国人!"美国同学站在圈外,笑得前仰后合。她身陷重围,急得跳脚,冲人群道:"你们围着我干吗?!"且愤愤自语:"真是滑稽、荒唐!"言下之意,我又不是外国人。但是她字正腔圆的中国话并没有帮她解围,反倒增加了她的"珍稀性",马上就有人喊出新的发现:"这个老外会讲中国话!!"于是更多的人要挤到前面来看稀奇。

大城市里,人们好奇心的表现要收敛得多,不那么直统统、赤裸裸,然而要想捂得严严实实,也非易事。遇老外,主动搭讪是不会的,语言障碍只是一端,因即使对方主动,多半也是不知所措,有一种类于乡下人面对城里人的羞涩。另一方面,虽不再以外国特务视之,主动接近外国人也还是显得可疑,撇开多年培养的警觉性不论,至少是显得另类。有意无意保持着距离,我们对老外之好奇心的满足,因此就止于盯着看。出于礼貌,盯着看以不让对方察觉为度吧,但是天知道这"度"如何把握,因后来不止一个相熟的老外跟我抱怨,他们被看得很难受。

看来看去,能看到的,大体也就是长相和衣着这两项。对那时的中国人而言,欧美人原本寻常的衣着,也有奇装异服的味道。让人啧啧称奇者,是他们穿衣的大胆暴露。在女性裙必过膝的年头,迷你裙之引发关注且遭"物议",更是可想而知。有次陪亲戚逛中山陵,就遇到一位着迷你裙的女老外,裙子远在膝盖之上,比那时男性穿的西装短裤可能更短。通向灵寝的开阔的一级级台阶上满是游人,女老外往上走着,我发现她的周围隐然形成了一个包围圈,不是乡下人欺上身来的那种围观,而是前后左右都保持着一定距离。走她前面的人频频回顾,旁边的人则不时斜视着瞄两眼,做不经意状,唯后面的人可以肆无忌惮从容关注而无无礼之虞。

那段时间我正在看一本描述美国社会变迁的书,叫《光荣与梦想》,里面写到六十年代迷你裙的风靡,青年女子几无人不穿,结果是除非天生美腿,大多数女人的腿都丧失了可能的美(大意)。这是说他种穿着尚可弥补缺陷,迷你裙则将不够完美的腿型暴露无遗。我记下这无关紧要处,一是作者说得有意思,一是此前没听说过迷你裙,不知长啥样。这一刻,那女老外的超短行头助成了我的顿悟。

鉴于老外本身就足以引发好奇心,说那一"圈"人都是被迷你裙吸引,似乎还只是"人同此心,心同此理"的推断,但周边的人皆目光下视,窃窃私语的热议则更能证明我所料不差。我身边有两个中年妇女就陷入热烈的争议中,她们神情诡异,或者自以为在讲悄悄话,以效果而论,我只能说在做"悄悄"状,因为旁边的人都听见了。议题是那女老外裙子里面究竟有没有穿内裤,她们的确切用语是:"裤头儿"——南京话,指短裤。其时南京人不分男女,都穿裤头儿,男性穿一色的,女性穿花裤头儿,当内裤穿,夏天则可以外穿。两位中年妇女猜测加争执,一个说穿了,一个坚称没穿。我记不得她们各自的理据了,只记得周围有人报以鄙视的目光,有人在嘟囔:"讲这个,阿好意思啊？！"可更多的人似乎"有"动于"衷"，或隐或显地加入私议，或是思考。迷你裙虽短小却包得紧，总也不见"走光"，便总也没有定论。几个青工模样的人在起哄，撺掇哪个弯腰一探究竟，最终还是无人敢于一试。

　　议人隐私，原是要藏着掖着的，然在那一刻，在中山陵的宽阔的步道上，种种的窥探、窃语，居然奇异地有一种悄然的公开性。

时过境迁

杨苡先生的客厅

北京西路二号新村,是南京大学的一处宿舍区,有大大小小几十栋楼。其"滥觞"是几栋二十世纪六十年代建的三层楼房,"二号新村"之"新"就是由此而来。后来范围扩大,陆续有新楼盖起,特别是一批八十年代六层的住宅,定下了现今二号新村的格局,几栋三层楼房已偏于一隅,蜷缩在院子深处。

杨苡先生就住在其中号为"甲楼"的那栋的一楼。按后来单位分房时的说法,应归为两室半的中套,七十来平方米。一九六五年入住至今,再没挪过地方。到现在杨先生说起当年选房时自己的眼光,还有几分得意,说这房子质量好,地基打得深,冬暖夏凉。

一个多世纪以前在天津,杨家风光显赫,即使身为中国银行行长的父亲去世以后,杨家住的也是租界里的深宅大院、花园洋房。甲楼一小小单元房,相去不可以道里计。杨先生聊起往事,可以将天津旧居的种种细节一一道来,语气里却无半点今不如昔之感。

她好像从未将她不大的单元房看作"陋室"或"蜗居"之类，虽然二十世纪九十年代以降，高校教师的居住条件也大大改善，相形之下，她的住所已显得狭小而老旧。旧虽旧，杨先生的家绝对不会像通常老人的住处那样，给人缺少生气的感觉。小院里总是花木扶疏，房间里则家具、各种小玩意儿不时重新摆放。重新组合、分类最频繁的是书，不定何时有了新主意，杨先生就会指挥保姆小陈搬进搬出、搬上搬下排列一番。这是外人不易觉察的，杨先生自会兴致勃勃地提起，且告诉你如此归类的理由。这就像把一些老歌请人录在一起听，又或聚起了满橱各种材质的玩偶、娃娃一样，到老太太嘴里，都是"好玩哎"，她经常给一个解释是："这是我的一种玩法。"

我所谓"杨苡先生的客厅"，是通向小院的一间，也就十三四平方米，几个书橱加上写字台、沙发，剩不下多少转圜之地。墙上的字画而外，吸引注意力的是四处摆放的照片，先人的、家人的、朋友的、师长的，过去的、现在的。有的是"长设"的，有的则"应时"变换。不论如何摆放，巴金和杨宪益的像总是出现在最突出的位置上。巴金是她的人生导师，从十七岁写信诉说人生苦闷开始，她与"李先生"亦师亦友的关系持续了大半个世纪。杨宪益则不仅是兄长，也是她最崇拜的人。说起杨宪益，她总是很确定地用上"崇拜"一词："我就是崇拜我哥！"

那些老照片里的人有好多都已不在世了，摆放却不是供着，杨先生与之朝夕晤对，就仿佛故人还在周围。在杨先生家做客，最有意思的一件事情就是看老照片，几乎照片上的每个人，都会引出一个周周折折的故事。有时谈着往事，杨先生会忽地起身到照片前面去指认，这就是他（她）哎。老人都喜欢谈往事，唯杨先生说起来没多少伤感，倒是"好玩"得紧，仿佛那些人与事不是过去时，而是现在时。有她在内的照片，穿越了好几个时代，从孩提时代，到中学毕业照，到身为主妇，到儿孙绕膝的老年，当然有"岁月"流过，奇异的是不"沧桑"，就像房间里老旧的家具，不加粉饰的墙面和裸露的水泥地不会让你觉得寒碜一样。

其实衬着兴盛的商品房、层出不穷的新兴小区，二号新村里后建的典型的八十年代多层住宅也像是上了年纪的光景，"新村"之"新"已然无从说起。其居民多为老年的教职工，年轻的大都搬到学校新建的宿舍区，七老八十者株守此地，图的是位置在市中心而能闹中取静，交通、就医方便。院里比别处更有一种静谧，一天中有几个时段，最常见的景象就是老年人相携在缓缓散步，其中不乏拄着拐的。据说九十岁以上的，能数出六七位，这里面年龄最大的，我想就是杨先生了吧。

杨先生并不是南大的人，住在这院里，她的身份是赵瑞蕻先生的"家属"。杨先生常说起对家庭的看重，一九五三年高教部外派赵先生和她去东德教书，一家人已打点行装到了北京，听说孩子不能带去，她便拒绝了。孩子是最重要的，这差不多是绝对命令。杨先生说这是家教，从母亲那儿来的。不仅如此，赵先生在世的时候也是优先的，客厅里唯一的写字台就属于他。很难把"相夫教子"与《呼啸山庄》的译者联系起来，但杨先生总是笑说起她在家中的从属地位，以及她与赵先生的"志同道不合"。

当然，杨先生并非"家庭妇女"，倒不仅仅是从言谈举止一望而知——事实上从大学毕业到退休之前，她一直是工作的，而且大部分时间有单位。把"工作"和"单位"分而论之大有必要：二十世纪五十年代初，杨先生的履历表里填的是"自由翻译工作者"，她不知道照新社会身份的分类，根本没有这一说。她以为给自己的身份定位是"写实"的，因为那几年她不上班，待在家里译书。不过她不上班的"自由"很快受到干扰，文联（杨先生当时加入了南京市文联）的小会上有人对她"不出来工作"表示不解，杨先生信奉的"孩子第一，四岁以前必须自己带"不被认为是一个理由，在仍应算是和风细雨式的"帮助"中，倒被归为"个人主义""自由主义"思想。

杨先生后来就被"帮助"到单位去了。她在水利学校教过中文，到文联下属的《雨花》杂志当过特约编辑，最后一站是南师大外文系。一九八〇年她就不干了，不是系里让退，是她自己辞职的。她的许多朋友同事都不明白她何以那么迫不及待：等定了职称再辞嘛。在高校，职称属"兹事体大"到近乎"唯此为大"的，而退休即令不是形同被单位抛弃，也是很让人失落的事，故还有"提退"一说，即以提职称为条件换得下岗。杨先生什么都不要，自己走人，想必给单位领导省了不少"做工作"的工夫，何况她不是退休，是主动辞职。

尽管杨先生是西南联大出身，在高校工作多年，资格不可谓不老,却一直没职称,身份是很含混的"教员",听上去似乎比讲师更等而下之。以她的资历和作为《呼啸山庄》译者的名声,很多不知情者都想当然以为她必是教授,往往以教授相称。杨先生有机会就要声明她是"教员",大有"以正视听"的味道。有次文联给她颁奖,领导介绍时说她是教授,轮到杨先生发表获奖感言,她头一句话就是"我不是教授,我是教员",弄得领导很尴尬。自然,很多人为杨先生抱不平,同时以为她那样的纠正隐然有不忿之意,甚至将她的辞职与对待遇的不满挂起钩来。但杨先生提起"教员"总是很平静,只在于澄清误会,听不出什么怨愤的情绪。至于退休事,她似乎是求之不得的——对她而言,那是对"单位"成功的逃离。她主动辞职,最大的动因就是和"单位"拜拜。此处单位二字加上引号,盖因杨先生不是对某个具体的单位有特别的不满,而是凡属"单位"者,就让她觉得有隔膜。

当然,这也和她的性格有关。即使没有一波又一波的政治运动,杨先生对"单位"也是不"感冒"的,因"单位"之于她,都意味着拘束、限制。杨家三兄妹曾戏以"博爱、平等、自由"彼此定义,谓哥哥杨宪益得"博爱",姐姐杨敏如追求的是"平等",杨先生则要的是"自由"。这"自由"没什么抽象的,简单地解作个人的"自由自在"也没什么不可以。她十八岁离开日本人占领下的天津中那个让她苦闷的家,只身到昆明入西南联大读书,希望自由自在地说话,随意地安排生活,争的要的也是自由。

在"单位"里,杨先生仿佛动辄得咎,不独是后来,一九四八年她在国立编译馆干了一年，就因议论国民党的"戡乱"加上对上司的不敬被解聘了，其后到中英文化协会，更是干了一个月就走人。

不惯"单位"的人当中，有不少是不善与人相处，或人缘不佳的，这两项皆与杨先生无关。她是很愿意与人交流的，人缘我想亦必是不差，否则就没法解释她的客厅里何以总是那么热闹。她的动辄得咎，多半是祸从口出。不能把杨先生归为对政治感兴趣的人，"懂"就更说不上。杨先生当然有自己的立场，而且喜欢对人与事"随便"发发议论。在过去不可"随便"的年月，这一"随便"，事就来了。即使不干政治，对周围人事的议论也会有后果的，弄不好就得罪了什么人。

既然杨先生并不反感与他人的交流，且喜欢轻松随意的往还，她的客厅便成了她最自在的地方，与朋友、熟人聊天无疑是她生活中一个重要的组成部分。我猜想杨先生过去一定是喜欢串门的，只是年事已高，且久已不便出行，就有来无往，都是登门拜访的人了。杨先生的客厅于是也便越发的热闹。

我想我可以肯定地说，在二号新村，杨先生家的访客最多，她的客厅是整个大院里最热闹的地方。其他人不拘"陋室"还是"厅"，标举的都是"谈笑有鸿儒，往来无白丁"之类，杨先生这里没那么"雅"，似乎"三教九流""各色人等"都有：采访的记者、邀稿的编辑、亲朋故旧（包括他们的后人）、串门邻居、慕名而来的不速之客。年龄跨度大，少长咸集，少者二十许，长者八十往上。

杨先生并非来者不拒，比如对媒体，就是有戒心的，因为不止一次，她发现登出来的文章或添油加醋，或张冠李戴，或用些花团锦簇不着调让人哭笑不得的句子，总之看了添堵。最让她畏惧的是那种"胸有成竹"的采访：来者早有预案，扔出一连串问题，仿佛就等着你"填空"，而后找个标签，比如谈身世，来个"贵族"往上一贴，就算齐活。杨先生早年即养成很好的教养，很少让人下不来台，心里则未尝不气恼：我出生时父亲就不在了，杨家走的是下坡路，哪来什么贵族？！我们兄妹都是要摆脱旧家庭的，贵族、贵族的，羡慕得不得了似的，贵族又时髦了吗？最后则以"太可怕了！"或"可怕极了！"做结，这是杨先生口中出现频率颇高的短语，用以表示对某些人与事的厌烦。

杨先生喜欢说往事，有时却又很烦被问这问那，这似乎有点矛盾。其实不然。不待你发问，她也会说起天津那个家里生活的种种、在中西女塾的日子、西南联大师友们的情谊，等等。这些都是在她脑子里盘桓不去的，越到后来，画面越是鲜明生动，而且总是伴随着缤纷的细节。听她娓娓道来，真是如在眼前。同样的往事，对有所图而问上门来的，比如奔着"贵族"让谈"家世"，她有时就搪塞敷衍，甚或说些不爱听的，以她的方式把人家顶回去。简单地说，杨先生乐于分享她的记忆，却不高兴被拿去做谈资，更不喜弄到媒体上被消费，那就不再是她的记忆，变了味了。

是故杨先生最感自在的是聊天，若以聊天的节奏谈回忆，她就特有兴致。聊的内容也不单是怀旧。像她这样岁数的老人，多半都是唱独角戏，因为对外间事、他人事再无好奇心，她却不。她说，也听人说。话题从国家大事、时政要闻、热播电视剧到里巷琐闻、各种八卦。她的访客常惊讶她有这么好的记性，也惊讶她知道那么多正在发生的事。不上网，不用微信，她的信息除了得自电视、报纸之外，一个重要来源即是客厅里源源不断的访客。既然她的访客为"三教九流"，且什么年龄的都有，她又时或好奇发问，她便很能跟上趟，一些时兴的说法也会从她口中蹦出来。比如不久前她说起有人弄错了什么事，连带她也被埋怨，便笑道："我这不是'躺着中枪'吗？"

足不出户而所知甚多，杨先生自己有时也不无得意。"世界是你们的，也是我们的"，拿年龄说事儿，老年人有此感慨，顺理成章。杨先生常说到同辈甚至年轻一辈的谁谁不在了，也说到自己时日无多，但你分明感到，她仍在饶有兴致地参与"现在"——只要觉得仍然有"好玩"的人与事，她跟这个世界就不隔。而杨先生觉得"好玩"者，委实不少。前几天她还打电话过来，只为提醒我电视上正在播一场音乐会。"好听！"她告诉我是哪个频道，之后就匆匆把电话挂了。

当然，能够"不隔"，好奇心之外，"物质"基础是杨先生的耳聪目明。几年前不慎跌跤骨折后，杨先生的活动半径就在不断缩小，最后当真是"足不出户"了，但是她的反应一如既往。杨先生一向语速快、动作快、反应快，就是因为动作太快才有那一跤，因此也就"收敛"了。除了这一项，说话、反应还是快。电话里绝对听不出她年事已高，客厅里众声喧哗之际，她则有"耳听八方"之能。比如正跟坐得近的人聊着什么,那头有人在谈论她感兴趣的某个话题,她会忽然停了话头,加入那边插言几句,或是发问。眼见就过百岁的老人,有此反应,不由人不称奇。而谈兴正浓之际,杨先生可以坐在那里聊好几个小时,一无倦容。

这当然是杨先生感到自在的时刻,但她的客厅总是那样热闹,必是来访者也觉自在,才会有事没事往她这儿跑,大事小事跟她聊。去的次数多了,我遇到过各种各样的人,发现来的人各有各的因由,凡不是带有任务者(比如采访),到这儿都特别放松。杨先生自有她的礼数,来客必有清茶一杯,聊的时间长了,会让保姆端上点心,赶上饭点,则又有馄饨、炸酱面什么的端上来。但是这一切又很随意,来人不会感到拘束,因为很快会进入某种类于闲话家常的节奏。无须打点精神,常登门者更如同串门一般,来了便来了,要去便去了,哪怕坐不多会儿,吃了碗馄饨告退,也无半点心理负担。很长时间不见面的熟人,没准儿在这里撞上了,素不相识的人,没准儿在这里成了朋友。有的时候,这里甚至成了临时中转站,书籍之类要交给某人便撂下,因别处一年半载遇不到,在杨先生这儿隔段时间必会出现。

杨先生无权无势,登门者没什么可图的,若说终有所图,那所图也就是一份自在闲情了。这年头人人在打拼,自觉不自觉,都上足了发条似的往前奔。有人处便有攀比,即使退了休,也还跟人较着劲儿。到杨先生这儿,一切都见得多余了,你若是"人比人气死人"，跟杨先生一比，足可自慰，因她一辈子也就是个教员嘛。

以世俗的眼光看，杨先生一生走的大约是下坡路，唯她自己一点不觉。有次单位里来电话，告诉她要发慰问金，她听岔了，以为是补助之类，赶紧声明不缺钱。"我活得好好的呀"，这样的话我听过好多回了。倒是偶得稿费，杨先生有意外之喜，立马盘算着怎么花掉。出了新书，她常又告诉出版社，不用给稿费，要书，而后就详列名单，题了字送出一大批。这都是让她觉得"好玩"的。

杨先生最近跟我说起的一桩"好玩"事与保姆小陈有关。小陈住在杨先生家，照顾老太太的起居好几年了。因杨先生大体上都是自理，小陈的活并不多。二号新村老人云集，钟点工供不应求，于是院里便有不止一家找到她，请她空闲时去帮忙。商之于杨先生，当然是照准。小陈高喉咙大嗓门，大大咧咧，人却是极好的。找个合适的保姆不易，那几家纷纷表示，希望小陈"以后"住到自己家来。小陈回来说给杨先生听，想来是因自己的服务受到肯定，有点兴奋，不无自矜。杨先生听了，当然了然这"以后"是说她百年之后。许多老人对此是忌讳的，杨先生并不。她经常自己说起，别人岔开，下次她还会说，一如谈家常。复述小陈的故事，淡然之外，她好像还觉得好玩："都认定了是我头一个走呢，我年纪最大嘛。"说着她自己就笑了。

柏利文的婚事

柏利文是法国人，一米九八的个头，和亚洲人相比，整个大一号。

首尔是大都市，韩国外国语大学更是国际化，来自世界各地的教师、留学生成群结队，大家对外国人已相当淡定。但他这么大块头出现在那一带街头巷尾的东方人堆里，还是有几分突兀。

让他显得特别的，还有他的衣着。韩国人的穿着偏于正式，教师更是如此，大都西装革履，望之俨然，即使炎炎夏日，西装再穿不住，也还备着，搭在臂上，似乎随时准备上身。风气如此，外籍教师入乡随俗趋于正式的，也不在少数。柏利文常是下穿一条松松垮垮牛仔裤，上穿一件套头衫，比学生还随便。只有从年龄上去推断，才会猜他是教师。

这是形之于外的，更令人称奇的是，他在韩国外国语大学中文系教中文，用英语。一个法国人在韩国用英语教中文？有没有搞错？！头一次在公寓的电梯里碰到他，他自报家门时，我就听得云里雾里，因急着去上课，也未及细问。后来助教告诉我，他的确是我的同事，在韩国已经十几年了。

第二次见面，是同事聚餐时。韩国是个特别讲究等级的地方，尊卑上下，含糊不得。柏利文虽四十一岁了，在座中还是小字辈，又加都是说汉语，绝大部分时间，他只有听的分儿。其实他中文很不错，原本就是学中文出身：二十年前，他在巴黎大学读的就是中文系，后来跟一位著名汉学家读博士，论文写的是汉语词汇对韩文的影响，为此到韩国光州一所大学，边教法语边学韩文。拿到博士学位后，又到北京大学中文系做了三年博士后。他自觉学历是很硬的，但在法国愣是没谋到教职。对他而言，在中国或是韩国找个教法语的工作易如反掌，但他不愿。恰好韩国外国语大学在推行国际化，不管什么院系，皆以能英语教学为尚，中文系也设全英文课程，机缘巧合，他便应聘来了这里。

所以，他中文水平是没问题的，我想他话少，多少也是在韩国日久，入乡随俗，识得眉高眼低了。散席时他很认真地跟我说，有什么需要他帮忙的，只管找他。我想起这话头次电梯里遇到时他就说过，同样的神情。我倒没当是照例的客套，只是也没觉得有什么事他能帮得了我的忙。下意识里，恐怕我是觉得他比我更是一个"外人"，虽然我初来乍到、语言不通（在西方国家还能看点、说点英文，在韩国反倒成了更彻底的文盲），但是相近的文化、同样的长相，还是让我感到"自来熟"。

有这感觉也许不是没理由的，不过至少从"硬件"的方面看，对这里更熟的不是我，是他。他近来正在写一本关于韩国历史文化的书，而我对朝鲜半岛的历史，除了"抗美援朝"，所知差不多近于零。此外，更具体而微的，一起去吃饭，他跟店家寒暄，向我询问，解释菜单，再跟店家拉呱儿，我在一旁只能当哑巴。长相一样的东方人由一深目高鼻者居间当翻译，这画面多少有点怪。

那天吃完饭，两人移师学校后门一家他视为据点的咖啡馆继续聊天。韩国的咖啡馆多如牛毛，外大附近怕有几十家。他对这家情有独钟，盖因二楼有个开敞的阳台。熟门熟路径直将我引到阳台，在有点委屈地安放好两条大长腿之后，他有几分得意地告诉我，这地方快成他的专座了：白天来，即使里面人满为患，这里也几乎总是空无一人，他正好独霸一方，得其所哉。他平日来这里看书、写作，有倦意了抬头看看校门那儿进出的教师、学生，还有下面已然熟悉到不能再熟悉的街景，发发呆，再继续。

我于是联想到巴黎晴空下乌泱泱全是人的露天咖啡座，似乎只要不下雨，法国人都更愿意坐到外面，哪怕临街车来人往，比里面多一分嘈杂。我当然知道，韩国人对白肤的崇尚恐怕还要在中国人之上，他们不肯坐到阳台上，是躲开日晒与风吹。柏利文在韩日久，哪有不知道的？但他还是多少带着点鄙夷，对韩国人舍外就内的选择表示不解。

还有一样他和我都表示不解的，是韩国学生对分数的计较。期末考试刚刚过去，不断有学生打电话或发短信询问成

柏利文的婚事

绩,意思就一个:我的分数怎么那么低? 接下去自然是希望成绩能提高一档。有自认考得很好被压低了的,也有自知考得不佳演苦情戏的。柏利文和我都颇以为烦。我的口语课是口试,手松些,他的语法课是笔试,白纸黑字,想"高抬贵手"都难,事就更多。我们交换各自国家的"行情",都说这样的情形从未碰到,遂认定大面积的讨成绩属韩国特色。说话间又有两个学生打电话过来,他一边接电话一边对我摊手摇头,一副不解加无奈的表情。

　　虽有些文化上的差异,柏利文对韩国倒是喜欢的,好多年下来,他对此间的生活早已习惯了:假期回法国,时间待长了反倒不习惯,再回到这边,始觉心安。这心安与法国社会的不安有明显的因果关系。因种族等问题,现在的法国太乱了,而韩国秩序井然。又一条,教师在韩国很受尊敬,在法国就是另一说了。我开玩笑说:"你不大爱国嘛,反认他乡作故乡了?"他认真回道:"真的,每次回韩国,都有回家的感觉。"

　　其实以"成家立业"的角度说,他还没有"家",至今仍是光棍一条。不过,据说——我想起聚餐时同事开他玩笑——将要迎娶俄罗斯美女,便问他究竟如何,他说确有其事。一个法国人与一个俄国女人在韩国相遇,要组建家庭了,说起来又像个故事。他的未婚妻原在俄国的一家美国银行工作,那家银行在韩国有分行,前几年就把她派到了这里。"一句韩文不会说,居然被派来了。"柏利文笑话道。

　　两人是在首尔欧美人的社交场合认识的,而后是相恋,顺理成章,就到谈婚论嫁了。这很可以用上中国人的"缘分"一说,当然用更现代的语汇,则应是"地球村""国际化"之类。总之,加上这个正在展开的新故事,描述柏利文其人其事变得更绕、更复杂:一个在韩国用英语教中文的法国人,将要和一位在韩国的美国银行工作的俄罗斯女子结婚了。

但是谈话并没有在他行将到来的跨国婚姻上多做停留,柏利文自己似乎也觉得二人的相遇有点不可思议,只是话题很快转到了别处,确切地说,是转入到他过去的情史。有意思的是,在终于迈向婚姻的当口,想想看,这是这个年过四十的人的第一次婚姻,我们有一番关于婚姻合理性的讨论,且分明是持怀疑论的观点:他和我都倾向于认定婚姻毋宁是一种权宜之计,远没有那么天经地义,作为个体的人都有维稳的需要,然就天性而言,见异思迁、喜新厌旧倒是自然而然的。

不记得我们怎么说到这上面去的,可以肯定的是,并不是有意为进入他的情史做铺垫。事实上他说到其他女朋友(比如在北大做博士后时的中国女友)时都一带而过,重点是他在光州教书时的韩国女友。略彼而详此,多少和我的发问有关。我问他:在韩国那么多年,又很喜欢这里,怎么没找个韩国女人结婚呢?他说在光州有过一个女友,同居了很长时间,甚至有结婚的意向,最后还是分手了。

我当然要问缘故。他说那女的太厉害了,以"吃不消"或"受不了"(二者必居其一)概括他的感受,说着便不住摇头,大有不堪回首、一言难尽之意。接下去便部分地进入了控诉模式。他最受不了的是为一点小事生气、吵架。"她不跟你讲理",吵起来像疯了,而且不分场合,说翻脸就翻脸,"你没办法讲理"。他一再重复这意思。看他愤愤的表情,我想起曾经风靡一时的一部叫作《我的野蛮女友》的韩国影片,暗自发笑,想到真人版的"野蛮"让他给碰上了,够他喝一壶的。

我很好奇他所谓"小事"究竟是大是小,让他举例说明。"我给你,我给你",他急切地回道(显然是"不胜枚举"),而后不假思索,给了我一串。我的记忆自有一番去粗取精的过滤,最后剩下下面的三个。

其一,往来一段时间后,有个暑假,他要回法国,公寓空着,便告女友,若愿意可住过来,遂交给她钥匙。度假归来,他发现一屋子东西:她不仅人住过来,且把整个家搬过来了。"事前完全没和我商量,她怎么可以这样?!"说了她几句,她立马大哭,继之以吵闹,不可开交。

柏利文并没要我评论,不过我还是尝试对他女友的激烈反应做出解释。我说,那女孩一定深感委屈,她这是把自己整个交给你了,没准儿还想给你一个惊喜呢!他不接茬,兀自道:"怎么不和我商量就这样?这是我的地方啊!"

其二,二人一起去新加坡旅游,安顿好了刚出门,遇一服饰店,女友便迈不动腿了。他以为初来乍到,有那么多的地方可看,一头扎到这里耗时间,太不值。而且在他看来,这里的东西和韩国那么多店里的也差不多呀,便好言相劝,说可以等转过景点、博物馆之后再逛店。她立马恼了,也不跟他论理,扭头走了,把他一人晾在店里。他也很生气,觉得简直不可理喻,而后大急,因为是他带她来新加坡的,她人地生疏,跑不见了他要负责的。他遂四处去找,最后找到了,她正站在路边哭哩。

其三,他有次领女友去一家高档西餐馆吃晚餐,点了很贵的红酒,一餐下来,差不多一个月的工资没了。他说,那个晚上很美好,很浪漫。没想到第二天有个黑人朋友来访,风云突变。他已经很长时间没说法语了,和朋友聊得特别开心,女友不通法语,自不能参与,似乎也不想参与。他们聊得兴起,大概时间不短,她忽然从另一房间里出来,给他脸色看,等于下逐客令。结果当然是一顿大吵,两人吵得天翻地覆。女友认定自己被晾在一边了,他则不明白:难得来个说母语的朋友,你安安静静自己看会儿书或干别的,有什么不可以?

吵架似乎成了他们同居生活贯穿的主题,至少柏利文感觉是如此。关键是,他摸不着头脑,什么事情都可能成为冲突的起因。"真搞不懂东方女人。"他沮丧地说。也许是意识到打击面过大,他又改口说韩国女人。"有事情可以商量嘛,为什么就不能理性一点呢?"我估计他不知中文里就有从"Hysteria"音译来的"歇斯底里"这么个词,否则他一定愿意用上。

我不相信他们的日子全由一场接一场的争吵连缀而成,既然举例是定向的,他沉浸在由女友"野蛮"而来的苦大仇深的记忆中,也顺理成章。不过他还是说到了韩国女友的漂亮:"真的,她长得很漂亮。"我差点笑出来,因为想到"漂亮不能当饭吃"的老话。我没好意思问他:这句体现中国人实用主义的话语,可否拿来为他俩最后的分道扬镳做注?

我也记不清他有没有把这场失败的跨国恋情归因于文化的差异,比如,东方女子柔顺外表下藏着的以守为攻、以退为进的侵略性,西方人坚持保留个人空间的个人主义,反正他没有归因于性别战争。极度的悲观论者认定,男性与女性简直就是两个物种,或者是两条道上跑的车,各有一套逻辑,没有理解,只有误会。这套理论的发明权应该是属于男性吧? 好像通常都是男性在尝到了女人的"不可理喻"之后有如此这般"痛的领悟"。这样的语境中,非理性就是女人的本质。

柏利文显然没那么悲观,这从他对未来婚姻抱持的乐观态度中可以推定。他说他和俄罗斯女友之间不会有问题,遇事他们可以坐下来商量。我没见过他那位通情达理的未婚妻,她当然算西方人(虽然在西欧人的概念里,俄罗斯人有点"东方"),但柏利文肯定不是因为这一点,或因为她的理性就去追求她。如果拿"理性"说事,西方女人在他们传统文化(男权文化?)的定性里也是不可理喻的。好些相当写实的欧美电影,女主"野蛮"起来,爆发力惊人,相当之恐怖。柏利文吃不消的,是东方女性"碎碎念"式的爱使小性也未可知。而说到底,最终遇上的还是一个一个的人,而不是文化,至少不是标签化的"东方""西方"。

那次聊天,海阔天空,在首尔,自然话题绕着韩国走,他说喜欢韩国是不假的,不过似乎还不足以让他选择长久地在这里工作、生活,因为不习惯的地方亦不少,包括韩国女友让他尝到的苦头。何不回法国？他后来有机会在法国谋到教席的。他想了想，很实在地说，这边的待遇更好。在韩国外大工作，工资要比法国大学高，而且在巴黎，房租差不多就要用掉工资的一半，韩国外大则免费提供公寓。当然，现在又有了新的理由：他的未婚妻在这里。

绕回到他的婚事，也算是"曲终奏雅"了，却是以谐谑之语做结。柏利文说起他的一位瑞典朋友听闻他要结婚时的反应："结婚？你为什么要结婚？！不结婚很自由，结了婚就做不成PLAYBOY了，有什么好？""他比我大五岁，"他表情略带夸张地笑说道，又开五指比画着，又加了一句，"四十六岁了！"做此强调，大约是怕我放过这里的笑点：他年过四十尚未婚配，已是够浪荡的了，现在一个年岁比他更大的单身汉劝他不要结婚，理由是将丧失继续逍遥做PLAYBOY的权利！

柏利文不难对他的瑞典朋友做"同情的理解"，也未必就觉得他的PLAYBOY立场有多么可笑，不过他显然对自己的选择毫不动摇。暑假过后再次见到他时，他告诉我婚期已定了，就是当年的圣诞，不过不会有什么排场的仪式，回欧洲办个手续就去旅行。我忽想起上次喝咖啡时关于婚姻合法性的讨论，当时就问过他：既然认定婚姻并非本于人的自然天性，为何还要选择结婚？我已忘了他怎么回答的，于是再把这问题撂给他。他回道，他还是希望有个稳定的家庭，他也想有自己的孩子，那就得结婚。我问他想要几个孩子，他很肯定地说："两个，一儿一女。"